感情百物

張亦絢

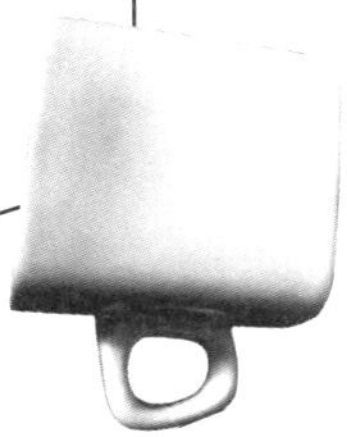

目錄

001

莊嚴廁紙架

由上而下拉廁紙，即使廁紙已被撕下，手也離開它，捲筒衛生紙還是會繼續向下跳動與旋轉幾秒鐘，我看得目瞪口呆。原因應該是用來裝廁紙的紙架軸──那個軸無聲無息，為什麼可以令沒有生命的衛生紙動作？看著它，我第一次擁有了，可以稱為莊嚴的情感。

我的心長久激動著。那是還不會使用語言的年紀，只能沉默地與這無與倫比的感動共存。我有沒有兩手合十向它一拜？沒有。可是在我心深處，我拜了又拜，因為覺得「這個東西，你好厲害」！

因此，我崇拜過的第一個東西，是捲筒衛生紙的紙架──年紀稍長以後，不可能好意思提起。說是崇拜衛生紙，當然不精確，因為我對疊起來的衛生紙就沒什麼興趣。說是崇拜掛衛生紙的軸架也不對──畢竟，那個軸單獨在那裡時，不過就是一根棍子。

推理影集《摩斯探長前傳》裡，有個女警出乎周遭傲慢者的意外，剖析西洋棋的棋局，她的上司很高興，欣慰道：「做我的警員絕不是單單只靠——。」傲慢者插話：「單單只靠臉？」她的上司不疾不徐地糾正：「單單只靠表面。」滾動的捲筒衛生紙就是一種表面，相對於表面，可以說是原理或科學——非常可惜，這竟沒有使我發展出對物理的堅實興趣，因為在我驚詫的瞬間，我發現的，是「力」的存在。

物體，經常就是一種表面，只從表面認識它，往往不是真正的了解。不過，藝術史上某位專家也提出過另一種觀點，就是不可以輕忽表面——在想探究表面之下的內裡，或進行更全面的詮釋之前，仍要先把所有的表面，做出詳細的清單。我非常受教於這種方法。所以，我也很喜歡像建築界的人物密斯·范德羅，他的學生總是相當震驚於他的「不深奧」，比如對於一個設計過於複雜的角，他說得並不是複雜有什麼不好，而是問：那麼複雜，不就塗不到油漆了？

認真看表面，有時從表面就可以解決問題。曾經對捲筒衛生紙與紙架，崇拜得一塌糊塗的我，重看曾經帶給我影響的「那些東西」，也是想要，從最表面開始，但不一定，在表面中結束。

002

恐懼的毛線

我在夜裡醒來，坐起在床上，看到一物，開始不斷哭泣。哭得有點久了，應該是聽到聲音，我母親到我房間裡看我。哭什麼呢？那裡，那裡有個「我不知道是什麼的東西」。哪裡？我指著紗窗的方向。什麼東西？一條線，扭來扭去的一條線，以前從沒有的。我母親打開紗窗邊的紗門到戶外，查看一條線。

從紗窗上輕易捻了下來。她回到屋裡，對我說，這有什麼好怕！只不過是一根毛線罷了吧。

我鬆了口氣，不哭了，還沒有語言辯駁，我怕的不是毛線，而是「不知道是什麼的東西」。那大概是我三歲左右的事，房間裡沒有阿嬤與姑姑，只有我一人，所以很可能是她們搬走不久的事。

阿嬤手上毛線針線總不斷，但她眼力已經不好了，穿針的時候，我就派上用場。很小的時候，我的針線活其實做得很不壞。布娃娃破掉了，我都自己找得到針線將她縫好，還不是一針兩針「象徵性的縫補」。那時縫東西有章法，不僅是讓娃娃身體裡的棉花不要掉出體外，應該也很重視線腳——也沒學，應該就是在阿嬤身邊耳濡目染的關係。

國中開始，變成「百無一用的書生」——除了因為對女性化罷工導致的編織不能，還因為四周的人都不斷強調除了讀書外，我其他都不行。——小學的美勞課，該黏的東西沒黏上，自己的手指先黏得打不開——或是鐵槌敲到手之類，這倒也都是真的。

聽過有些孩童怕黑，怕鬼，怕躲在床底下的怪物。這類恐懼我都沒有過。但我曾被一根毛線折磨到痛哭出聲，「竟夜難眠」。一條線靜靜在那，照理來說，不至於引發被攻擊的威脅，但我的反應卻像世界末日。這種悲傷的本質是種苦惱，苦惱於不解某一現象。

或許被一根毛線折磨的印象太深了，往後我認為養成忍耐神秘的冷靜，事關重大——當然推理小說最好還是有個完美的解謎才好，人生的謎往往不見得有答案，我們還是需要一點寬慰。

永遠會有不認識的某現象，差別只在，現在已經不會因此啜泣了。

不記得我讀吳爾芙〈牆上的記號〉時，有沒有想起「紗窗上的毛線」？現在重讀，可能又會有新的想法吧。

003

正方形偏愛

我對正方形有種難以言喻的愛。所以我有正方形的杯子。

偶然進到陌生的空間，看到一扇窗或一張桌，我往往會喜不自勝地輕喊：「啊，一個正方形！」——當然前提是窗與桌都剛好正方，現在普遍做成長方形的多。一旦做成正方，馬上就會令人或者感到趣味或者低調的異議——比如名片多半長方，但暗示個性與設計的店家，就常做成正方形。我認為這隱藏的道理是：理論上最單調的，往往反而更帶來複雜的感官刺激。

我花最多時間才學會欣賞的是三角形。在沒有後天克制的狀況下，三角形一般會引起我焦慮。對我來說，三角形一定要小，做成耳環或鈕扣或小小旗幟都很美妙，但大於瑞士蓮三角巧克力，我的呼吸就會不太順暢。形狀心理學裡說三角形意謂抱負與野心，對喜歡正方形者的描述則不太好聽，用的詞包括「保守、嚴肅或不解風情」，「可惡！」我暗暗笑罵——但不是完全相信——我有我自己的解釋。

正方形似乎是與大自然最對立的形狀。太陽月亮與大部份的果實都會令人想到圓形，而三角形，光是山峰與波浪，代表就很夠了。正方形或許要從石塊裡找，但還得借助偶然，若是真有看似正方形的石塊，又難保不被冠以仙人傳說。小時候讀過這樣的文章，謂科學發達的一天，將會造出「正方形的番茄」——這應該不是恭維——正方形代表的總是人力介入或過度。然而，當我看到某些古老建築物，略帶勉強的「尋找正方形」，總讓我心中湧上滿滿的感動。可以猜到那時還用不上尺規，或是配合尺規的其他工具也還難得應用，因此平均切割一事，還是理想，不能落實到視覺或製造上。看到一個漂亮如魔術方塊的正方形，我想，快樂的，都是那個我不曾認識但常在心中的古人。正方形是拙，但那種拙，剛好就是邁向巧的蹣跚初步。凡是開始，都最教我喜歡。

法語課本教到衣物時，有個生詞，字典怎麼都查不到。只好問法籍老師。記得那是來自馬賽的老師。他非常害羞，不斷抹著臉問我們真的不知道嗎？真的不知道。他在黑板上畫小人，胸前再畫兩個小正方形，加上繫帶，眼鏡嗎？不是。啊，是胸罩！——這字直譯是「支撐喉嚨」，喉嚨是胸部的「婉轉迂迴語」，對初學者太難了。除非是在服裝課上吧，在黑板上畫胸罩，一來筆劃甚難，二來也有猥褻尷尬。用「正方形」代替，算是情急生智了——雖然，我從來沒見過正方形的胸罩。這個圖飾的反寫實寓意也在於，只要有心，善解人意總是可能的。在這種時候，正方形作為救兵，實在很有趣。

阮義忠有本攝影冊叫做《正方形的鄉愁》。將正方形與長方形比較時，這樣寫道：「相較於長方形的外放，這些內斂的四四方方構圖，彷彿將鄉愁框得更緊了。」什麼保守！是內斂，內斂啦。

004

天真的郵票

有回在超商排隊，在我前面的女孩子向店員詢問：「你們有關於古錢幣的雜誌嗎？」店員回答「沒有」，她就離去了。

這裡會有關於古錢幣的雜誌？

如果這是冷戰時期，就是間諜在交換情報了。這種日常神秘，那麼貌不驚人又費解，讓我想像了無數故事在後頭：「彷彿站在小說的入口。」

收藏古錢幣對我來說，十分遙遠，但是集郵，就不那麼陌生了。

會想到這，是因為今天在郵局耽擱得比較久。在窗口，郵務員亮給我看包裹上貼的郵票，我「怒」讚：「結果給我貼的郵票那麼漂亮！」「郵票漂亮，那妳要不要？」

木柵從前多淹水。「損失最嚴重的災情，就是『價值連城』的郵票全泡湯了。」「價值連城」是我憑印象補的，對小孩應該會用更好懂的詞。但「集郵」，等同於「泡湯」，非常「傷感情」，從此深入我心——我對集郵，完全沒好感。覺得是與不幸有關的事。

不過，水退了以後，我還是接受了「集郵的教育」。直到我在法國，還曾把信封上的郵票泡水取出：沒在集郵，可是小時候學會的事，忍不住就會照做。

小學二年級時，在針對兒童的廣告上，知道只要「郵政劃撥」就可以買到一套卡通郵票，我為之目眩神迷。「那並不是真的郵票。一點價值也沒有。」大人道。

都是郵票，怎麼又有真假之分？我喜歡的，沒有價值？

好在那是我零用錢就可支配的額度，大人不贊成，還是有一意孤行的空間。我興沖沖地完成我人生中的「第一次郵政劃撥」。

寄來的「郵票」，與廣告上看到的一模一樣，一套四張的迪斯奈卡通圖案。

根本「可愛得不得了」。我把它放在我的集郵冊中，覺得其他郵票與它們相比，真是花容憔悴。

但是，就在我買了「米老鼠郵票」一年後，我的智力飛躍了。忽然看懂，米老鼠郵票和「正統郵票」的不同——大概像終於分辨出大富翁遊戲的錢，不是錢那樣。

我訕訕地發現，世界有比純粹感官愉快，更強大的法則，是關於體制的。我還是可以獨自欣賞米老鼠的俏模樣，快樂是真的，只不過，把它置於「集郵」名下，那是行不通的。我看中的「郵票」，原來只是「玩具郵票」。

那麼，現在喜歡「玩具郵票」，還是「真郵票」？老實說，都喜歡。

我想辦一個「天真的郵票展」，讓不同的人來發想，「真郵票裡還沒找到的精神」。

005

最早一支筆

最早的筆已經不在了，只在記憶裡。

最早的筆根本不像筆，像什麼呢？

外形來說，它普普通通，但應該是有點正式的贈品。

可能因為紅色的原子筆，不像黑色藍色有用，就當玩具給了小孩。

我母親要批改作業，不過老師有專門的紅簽字筆，紅原子筆似乎不實用，就到了我手中。

大人沒有說，紅筆不太好用，只是說「這支筆就給妳吧」。

「一支筆」就這樣變成「我的筆」。

早上睜開眼的第一件事，就是去找到它。除了吃飯洗澡帶著筆太不像話，我隨時都跟我的筆在一起。如果一個小孩和一隻狗或一隻馬朝夕與共，那一定有點顯眼，但只是跟一支筆形影不離，感覺就有點神不知鬼不覺。

我還沒學寫字，筆的定義，筆的功能，我都不清楚。然而，移動它，它就會出水，手到哪裡，水就到哪裡。最開始是沒有明確慾望的，痛快的只是「有東西源源不絕的出來」。筆真是個厲害傢伙，好傢伙，非常聽我話的好傢伙——雖然那時我還沒有什麼話好讓它說。如果有人在旁邊看到，大概會說「小孩在鬼畫符」。

用筆的快感先是生理的。那是一種「我行動」，這個世界就「有回應」的美妙感覺：幾條線、一團紅色、一個點——什麼都好，有反應，都好。

現在，我很少用筆書寫了，但任何「好寫的筆」仍然馬上會勾起我強烈反應。有次我有個好友太誇張了，因為我稱讚了筆，她就跑去把筆要來給我——那可是在家咖啡店，我只是用筆在檸檬汁或咖啡之類的選項後面打勾——可是那真的是一支特別好寫的筆——任何好寫的筆，都很難令我忽視，好友一定是感到了我的狂喜。

最早的筆，最特別。我完整地經歷了它的「一生」——直到它衰老、枯竭、從好像沒水變成真正沒水。在同時，我也長大了。再也沒有另一支筆像它一樣，與我如此親近。

006

戀戀防火梯

無聊的競賽有無聊的趣味。

有時候，我會和朋友進行無聊的競賽。

題目是什麼？不太記得了，但總之與紐約有關。

可能是「最想擁有紐約的什麼？」之類。

朋友先說了幾個他的答案——我根本不在乎，就像手上有王牌的賭徒，我說：「我贏定了。」「別那麼自信。」「實在沒辦法。我的答案是——。」我說出了「紐約防火梯」這個答案。朋友尖叫，道：「這也是我的第一名，我輸得心服口服。」

無障礙的思想興起後，我們越來越意識到台階與樓梯的型態，相當不利於無障礙。我雖然在感情上熱愛防火梯，在理智上仍知道要以無障礙原則為優先。我隱隱感覺，對某些專業的人來說，紐約防火梯的意義，似乎相當曖昧。

「防火梯防火」——這是比較低調的說法。而防火梯在我身上喚起的強烈喜愛，我好難解釋。

去紐約玩時，我想要印證的其中一件事就是：究竟是攝影與電影，給了防火梯視覺上的風格美感，還是有別的原因，造成我的「防火梯情結」？

結果我發現，肉眼下的防火梯毫不遜色，我對它們就是無窮無盡地著迷。我在新竹的一些角落，也發現同性質的建築——我還是陷入愛河——但它們沒有像紐約的防火梯那樣使我快樂，不是因為它們在新竹，而是因為它們的數量太少。紐約的防火梯有種綿延不絕大合唱的姿態——我如果說「天使成群而來」，等於洩漏了我對防火梯的情感，帶有神秘傾向——但說真的，還真的是。

像大部分的防火梯迷，我也「檢討」了自己，是否太受卡波提小說的影響。畢竟，《第凡內早餐》是部在暗示性上，非常高強的小說。我沒有答案，我傾向認為有影響，但這影響不會是唯一因素。

是因為防火梯打破了建築閉鎖的形象嗎？是因爲防火梯表達了「逃出」才是一棟房子，所必須具備的最基礎功能嗎？

是因為它的形式語言說了，「我總是需要能夠馬上待在許多個外面，但我也需要家」嗎？

圖6　由Laura Tancredi作品改製。

007

鮮奶油之戰

在日本的飯店吃過早餐供應的單吃鮮奶油——好好吃。記憶中覺得是提拉米蘇的材料，但可能記錯了。疫情開始時，我想安慰自己，就上網訂了兩盒馬斯卡邦。不知道哪裡出錯，打發來打發去，吃起來南轅北轍。人家可以開飯店，總是有原因的。

以前，對於咖啡旁的奶球很有好感。壓下頂端的折角，小心撥開包裝，然後看它的白色在咖啡裡化開。好多年沒碰了——自從認識反式脂肪以後，都用鮮奶。好一點的咖啡店現在也沒在用奶油球了。我在超市裡跟老太太解釋過，勸她們不要買三合一——上年紀的人，似乎對反式脂肪沒概念。都不可多吃——但奶油的原則，選動物的就較沒錯——奶油本從牛奶來，「植物性」只是好聽。

但我還記得，植物性奶油怎麼進入——或沒進入我生活。

「植物的，植物性的奶油」——我猜可能被想像成「素肉」吧，享受肉的口感免去肉的熱量，現代人的追求啊。始作俑者是我媽，她力薦——而我基於高中生對母親系統性的不耐煩，既沒動冰箱裡的植物性奶油，之後也因為「媽媽推薦我不愛」，從沒怎麼碰過。後來植物性奶油被打下地獄，我有點高興，但當然也沒翻舊帳，所謂「她錯我對」，不過是「瞎貓碰上死耗子」的運氣罷了。

楚浮的電影《日以作夜》裡有一幕，出狀況的女演員要了大桶奶油大口吃——牌子不記得了，總之有了麻煩，會吃奶製品。嗜食牛奶、乳酪、奶油、冰淇淋——奶製品家族，有人是因為口味，有人是因為對缺乏母愛的補償——我是這麼想的。

維也納咖啡上的奶油，大概也不好。可我有嚴重剝奪感時，一抹鮮奶油幾乎總令我「藥到病除」——所以即使它壞，我也不打算了解太多——反正需要

「奶油治療」的頻率，一年沒幾次。

前幾天，發現峰大咖啡仍在使用奶油球，我表現得很寬容：老店老習慣嘛。

撕開多年來都沒撕的小包裝，古老的愉悅浮出。從健康與垃圾減量的角度，小包裝的奶油球不值鼓勵，它暗示的「小小放縱小小克制」，也許才是快感的主因——二〇一六義美基於反式脂肪對健康的不利，完全停產奶球，實在感人——畢竟，只要存在，就可能令人誤會它是好的。——但我想，我偶爾仍會在腦海回放，撕奶球包裝那一瞬的甜美感。

008

怒憶登山杖

兒童都會胡亂要求買一些東西：我要求過買登山杖。

大人也會胡亂答應買一些東西：所以，我得到過登山杖。

但我對登山杖的記憶卻是氣憤的。因為後來我父親宣布，登山杖打手心最好。這可不是我當初要求買登山杖時想到的。但我沒有被登山杖打手心的記憶。鐵尺比較常用。鐵尺原本的用處也不是打手心——想到鐵尺就想到體罰，這是有點病態的。

說起來，打人的工具很少原來就設計生產來打人的，常是某物「挪為他用」。有次我請一起工作的朋友想體罰的工具，影片要用。結果他提出熨斗——太可怕了，即使是演戲，我也不想用。也聽過同學的姊姊被衣架打。——該不會此後看到衣架或衣服就痛？這樣想起來，登山杖倒是好多了——至少，沒人會一天到晚看到登山杖。

但真正為體罰特製的藤條棍子，據說是存在的，還會到學校推銷。我知道這事，是因爲讀國中時，我當過總務股長。有天被導師叫去辦公室，告知「刑具販子」第二天要來的消息，並希望我將班費提出一部份，好支付「班級用品」的費用。

我裝傻。我提出「沒時間開班會，我就不能動用班費」的理由——我一定是把呆樣裝到可愛的程度，所以導師到最後都笑咪咪，一副被書呆學生難倒的歡喜貌。但在心底我才笑不出來呢。這事我藏著沒怎麼說，因為覺得蠢。

沒好工具，有時打人的意願就弱了。

導師沒再找工具，甚至也忘了體罰。有個最認真體罰的理化老師，打人時候，每打一下，就說一聲：「打妳是為妳好。」她生得極瘦小，打起人也感情誠摯。如果是打她自己會給我們加分，她大概也會動手。但這終究悲哀。如果要打才能有分，這些分數根本就不該要。人生不該不擇手段。

現在想起來，我還會想流淚。不是因為痛，而是因為知道她既是好老師也是大好人——但連大好人也扭曲了，才特別悲哀。

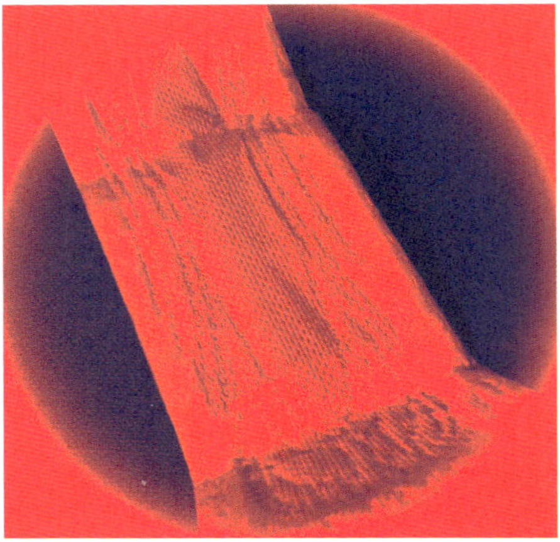

009

月經正好棉

學校諭令要用棉花種綠豆那日，我初遇衛生棉——找不著棉花，我在衣櫥深處遇到衛生棉——豆還沒種，我就被母親海罵，彷彿我做了羞恥的事。媽媽竟然將「棉花」藏起來，真是不可解。

第一次月經課，是廠商到小學辦的。——但從我初潮時，驚得要死的經驗來看，講解並沒派上用場。這事被藏得那麼嚴，非但沒機會看見，就連書本裡，也只見過語帶隱晦的「月事」——衛生棉更沒見過人寫。曾有一個廣告人，以爲衛生棉的背膠是黏在女性身上，導致廣告提案全軍覆沒。

高中時，有次去阿嬤與姑姑的家。我有個心得：從衛生棉的位置，就可以判斷一個家是否由女性掌權。阿嬤家的衛生棉皆放在如衛生紙般觸手可及處，沒有「女權萬歲」的標語，我還是感到女權萬歲般的安心。

更大的震撼是，我用了阿嬤家的衛生棉——原來衛生棉用起來也可以是舒服的！但我還沒膽大到要我母親換牌子——高中生會自己買面紙，買衛生棉照說也可，但當時還不夠有概念要捍衛自己的身體。大學一獨立生活，馬上就改衛生棉牌子。女研社座談，有人說「某某牌的衛生棉改變了我的一生」，聽來誇張——但並不誇張。怎能不讓女孩知道？想要好用或適己的衛生棉，並不過分。

為了提高月經士氣，記得我用過「擋不住的經血」這類說法。那時的標語還有「讓教育向月經學習」——女大學生，用類似行動劇的辦法，抬了床型衛生棉上街頭。

八、九〇年代才改良成形的衛生棉，會與月經杯與布衛生棉三分天下嗎？《戀戀風塵》的劇本裡，省吃儉用的阿雲算日常，每月五十？用哪了？笑而未答。但女生看到都會想到衛生棉吧。

現在應該介於一百到三百了。有人統計一年換算約為三十一個台鐵便當。「月經貧窮」指得是買不起衛生棉引致的失學、健康與心理危機。蘇格蘭的「月經用品免費法案」，令蘇格蘭成為第一個可以免費供應衛生棉等用品的國家。不同國家對衛生棉有不同財稅政策。台灣的衛生棉免稅相關草案，也很值得關注呀。

Monday
Tuesday
Wednesday
Thursday
Friday
Saturday.
2021.08.11.

010

記得綠羅衫

在人生的某個點上，我曾問自己：妳是想做個小說家或是大美女呢？我選擇了小說家。對於可以兩者並重的人，我很欣賞與佩服。不過人的精力與時間有限，我又怕麻煩，覺得擇一而為就不錯了。這就影響到我的買衣哲學——與其說是買衣，不如說是省事哲學。寫東西本身不需要衣裝。有作家只穿內褲打字——我倒沒有熱（？）到這程度——喬哀思則要穿上牛奶工的制服——我也沒這講究。雖然不必管造型，也就是穿到可以出門倒垃圾的程度就可。但當然還是有些正式裝束。

為了省買衣服的時間，一旦我看到喜歡或好穿的衣服，就會一次買兩或三件——這不注意就會造成誤會。可能大家都覺得女生畢竟應該都愛美吧，穿來穿去都那幾件，有的朋友就會藉機送我各種衣服。讓我除了覺得窩心，也有點不好意思，不好說這是「個人政策」，而非沒衣服換。各位看到的「同一件」，其實有時是同款二套。

衣服是這樣的東西，就算有不同件，但最喜歡的往往又老是只有那幾件——穿熟的衣服更令人愉快，有時前晚想好了新的搭配，出門前又總是換回我最自在的那幾套。

在最年輕的時候，甚至鬧過一個笑話。那時的我有兩三件襯衫，專門負責「正式」場合。多半是知道會遇到長輩，不好看起來太隨便與邋遢（我定義中的落拓不羈哈哈）——有一次，還在世的鄭至慧突然冒出一句：「妳非常喜歡綠襯衫。」我微微一驚，喜歡是喜歡，但到非常是什麼意思？「每次都看到妳穿綠襯衫。」我想了想，恍然大悟，因為當時覺得「至慧等於長輩，長輩等於正式，正式等於綠襯衫」——導致每次她看到我，我都是綠襯衫。恐怕還會以為有什麼郵差情結呢。

每回走經過女書店，都會微微想起至慧。其實長輩不是只會令人拘束，她（他）們有時也把妳（你）們整個人看進眼裡，印入腦海，以至於對於一件綠襯衫也記得——雖然是令人忍俊不禁的小插曲，但每次想起，仍覺得很溫暖。

011

平平都是板

除了筆，對於各種可能當作寫字板的東西，我也非常注意。一切可以當「假借書桌」的板子，我都忍不住要研究一下。看一些日本文豪的隨身物件照片，以前應該是有類似寫字箱的東西，很精緻，記得似乎是籐編箱。更早的是埃及所謂書記的石板——不知是有什麼毛病，我非常想摸一下那塊石板。

所以我有一個不知是否可以稱為「寫字板」的東西。耳朵後面夾一支筆，活脫脫就是餐廳服務生，各位準備點菜了嗎？

在擁有這種板子之前，我一定要有一個畫板，不是用來畫畫，而是夾了幾張紙，背在身上。早年寫作還有記下靈感這種前置，用電腦後，通常一開始就「痛下殺手」，開機開檔案就寫——畢竟修改容易多了，偶爾筆記小說重點，往往就直接看到小說形狀，露出鼻子眼睛——電腦太好用。

三歲的小石看到板子，曾經緊抱不放要劫走，他爸爸無奈地說：「不要抱這板子，這板子我們家也有。」也有？他們不開餐廳，一般家庭要這板子做什麼呢？——我沒問。我想那意思可能是，這板子到處可見——即使是我，有時也懷疑，明明完成工作的都是平板，老是放個板子的意義是什麼呢？有次不小心壓破了，又買了一個——少了它，就渾身不對勁。

安徒生感情是窮昏了，他寫的童話裡，主人翁會「用鑽石做的筆在黃金做的板子上書寫」——打從第一次看到這個描述，我就非常抓狂。很想坐時間機器回去，搖晃安徒生——我不要鑽石做的筆與黃金做的板子!!!鑽石與黃金是多麼可怕的累贅呀。

我熱愛我的寫字板，其中一個重要原因就是它是鑽石與黃金的相反。對我來說，紙與筆都是越平價越好，平板或筆電可能算不上便宜，那是因為書寫電子化了。但書寫工具的奢華本身沒有幫助——至少對我沒有。也因為文具對我來說是消耗品，所以我最有感情的工具就是比如計算紙或小學作業簿這類東西。計算紙放得久一點吸了水氣，寫起來更是順風順水。

如果有人有使用高價文具的需求，我也無異議，怎麼說呢？各人有各人的修行？但我有次目睹好友砸了近千元買筆記本，我還是情不自禁地歎道：「在那麼貴的筆記本上，你是要寫出什麼樣的金玉良言啊！」

對我來說，寫字板的魔力是種「暗示的力量」。雖然真正在用的是平板——但平板不夠原始與普通，所以缺乏暗示性。書寫的本質，除了紙筆，連書桌都可以不要，只要一個幫助紙筆固定的板子就足矣——我深愛這種簡單的命運暗示。

012

一腳踢燈籠

元宵節晚上在路上，看到兩個小孩提燈籠。小孩矮，燈籠險險要拖地，見著覺得挺好笑。

我童年時，提燈籠應該已經沒落了。我唯一提到的一次燈籠，還是在室內。阿嬷寵我，把重要的燈都關了，讓我提著燈籠繞行客廳。這樣提燈有什麼趣味？應該不太有。

幾乎沒人在提燈籠了，可是學校裡的美勞課還是維持著古風，除了燈籠，也令做風箏，平日美勞課還可以左右瞧瞧同學怎麼應付，最怕寒暑假作業。那時好羨慕有哥哥姊姊的同學——還好我雖無兄姊，但有願意把我當拖油瓶帶著去「拜」兄姊的要好同學。小學最後一年，寒假作業是燈籠。寒假第一天就開始發愁。不知是否小有年紀了，覺得不好再去求哥哥拜姊姊。規矩的燈籠感覺做不出來，突發奇想，我何不做一個不規則的？

如果是人形，圓不夠圓，方不夠方，就說得過去。這下壓力大減，起勁做了好多天。完成後，別說等身大，差不多要高過我了。做小手要巧，做大隨遇而安即可。學校離家不遠，揹著上學就是。

玻璃紙五顏六色非常澎湃，任誰看了都要以為這小孩對美術多有熱情呀。在教室一放，更是百口莫辯，不好說，是因為我做不來正常的。全班做出作品的不到十個人，我做的大概不能叫燈籠，叫古今奇觀。拿去祭典遊行算了。

原本是交差性質，一回神被當成美術好棒棒。快放學的時候，燈籠被踢了一腳，破了大洞。若是打分數前，這要拚命。可老師也誇了，分數也有了，破洞就只是情感上的傷害。

踢的人是故意的，還是當時跟我最要好的男生。我大概只看了他一眼。沒有哭鬧或質問，沒有小學生掛在嘴上的「賠我」——賠不了的。川端有篇掌中小說，說人看到美的東西就想破壞。但這燈籠根本說不上美，純粹是情急下的產物，遲早也要破。

可還是太快了一點，使人類的黑暗面，顯得那麼地景觀那麼視覺性。

男孩平日不流氓，品學兼優。想到燈籠，我就會想到——愛是多麼不可靠啊。

物已不存

013

乖寶寶獎章

壁報紙剪成硬幣大小，上面有個「獎」字，這就是「乖寶寶獎章」。十個小乖寶寶獎章，兌換一個如甜圈圈的大乖寶寶獎章——集到大的，老師會給獎品。

乖寶寶獎章集起來，並沒有很難。作業本有一個甲上，就可以有一個小章。乖寶寶獎章我放在鉛筆盒裡。就在我預計將可以得到第十個獎章換大章的那天，我在學校打開鉛筆盒，發現每天像個守財奴數來數去的獎章，一個也不剩。昨晚睡前都還檢查過的！這事給我的創傷太大，導致記憶都模糊了，只有鉛筆盒打開那一刻的驚慌，畢生難忘。

水落石出不難，不用什麼推理，就抓出「犯人」。犯人坦承不諱，九個乖寶寶都拿去發給幼稚園小朋友了。我又哭又鬧。我的乖寶寶可以換獎品，幼稚園小朋友拿那些紙片，只是廢紙啊。我媽也知道我委屈，說：「老師給的獎品，我買給妳就是。」我還是痛苦：「那怎會一樣？」

幾年後，我會讀到一本童書，裡面的弟弟把哥哥的寵物龜吞到肚子裡，家裡大陣仗地送弟弟去醫院，擔心弟弟吃龜而病。風波過後，做哥哥的非常失落：大家都關心弟弟安危，有沒想到那可是我心愛的烏龜啊。難道烏龜（叫做「綠寶」）就很高興被吞到弟弟的肚子裡嗎？這就是身為家中「老大的悲傷」。我讀到時，已很漠然：都是這樣。有人說給小孩養寵物的好處，是提早認識無常——其實我覺得有弟弟妹妹，有時也很足夠得到「無常突襲」的教訓了。

這就是我最早跟「榮譽」打交道的經驗，它使我後來對一切榮譽都抱有一點懷疑的態度：我們永遠不知道，在榮譽得主與失主背後的故事。兩者的差異也許與努力或品性，毫無關係——不同的，只是在人生某處，是否冒出過吞烏龜的小孩，或是，有個在幼稚園做散「獎」童子的弟弟。

014

無價的首飾

我剛上大學時，有天我阿嬤繞在我身邊探頭探腦，並道：「奇怪啊，應該已經到年紀了啊。」「到了什麼年紀？」我盤問阿嬤，原來她覺得，年紀小的時候不愛戴首飾不奇怪，但到一定年紀後，應該就會對首飾有興趣才是。我聽了覺得有趣，沒太放在心上。

不久，我阿嬤就給了我一條金鍊子，吊飾是塊玉。——對玉我就還是有種油然的敬，這種時候，難免會有種感覺：「是不是畢竟還是中國人啊」。似乎也並不只是因為《紅樓夢》用了那麼多篇幅寫玉。理論上玉不過就是石頭——我沒什麼鑽石首飾，但就算有，我對鑽石的小心，應該還是不會超過玉——「珠寶被視作多少是俗氣的，但玉是例外。因為『謙謙君子，溫潤如玉』。」有次我跟外國人解釋。

作為一個滑頭的孫女，要見到阿嬤時，我一定會把鍊子戴好。——對玉石雖能說出不少名堂，但在感觸上，它與金一樣，說的似乎是「我來自古老保守的秩序」。除了老太太，很少看過什麼人配黃金好看——大概只有黑道又大又重的金鍊金戒指，像重機呼嘯，情調是奇異的悲傷。黃金特別適合暴力——我猜原因是，普通人都會害怕被搶，金飾太招搖，但對自帶暴力的人就不同了。金子在視覺上，與槍枝可能有心理的共通點。

首飾在生活經驗的層面，常常是「錢之後的錢」——典當或變賣首飾的悲劇，往往因為它也象徵了情感的割裂。贈予某人有價首飾，也有為對方婉轉儲值的意味在。小說裡讀到遺囑分配首飾，總覺得很有意思。有時原因包括「妳一向很喜歡」，這就有達成對方心願或是對共同品味的紀念——現金雖然好用，很難如此囉唆一番。

除了項鍊，我還有阿嬤的一枚戒子。「不是非常貴，可是『是我成年後，為自己買的第一枚戒指』。」這種首飾真是無價，因為接收的是對方生命中的珍貴記憶。阿嬤曾有過一段「無人聞問」的孤兒時光。但她最後應該是自己獨立起來，學會打點一切——有什麼比銘記著「勇敢與開始」的戒指更美的事物？外觀與形狀，真的不是重點啊。

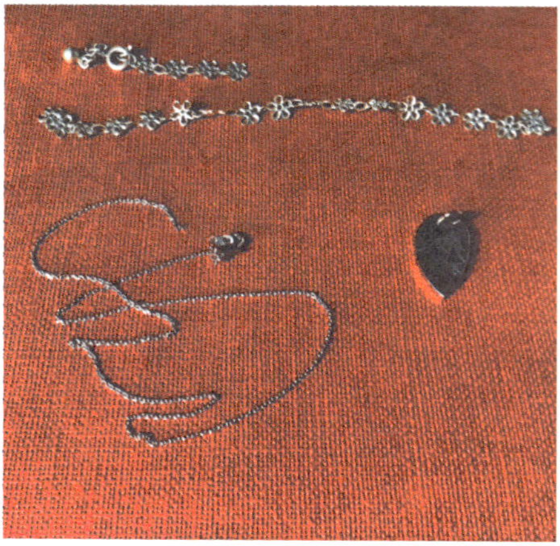

015

鯡魚頭中銀

一個朋友在電話中抱怨，說家裡的外籍照護者偷東西。「連筷子也偷！」我沒想太多，話就出口：「可是——妳沒看過《悲慘世界》嗎？」《悲慘世界》裡，尚萬強偷教堂的餐具，神父就把整組餐具都送給他。我有點後悔話說太快，我實在是書呆——不是所有的偷竊都該像書中那樣解決——朋友覺得不安，當有其他原因。

朋友家的筷子不可能是象牙做的，她要是送整組餐具，恐怕也挺滑稽。教堂的餐具是銀器，這件事本身就有點嚇人。我並不是一個無條件反對奢華的人，關於餐具，可以另起一章來說，這裡想談的是銀。對銀的好感，真不知是從哪裡來的。也許是一種下意識的倒反：金是老年，銀就是童年。銀總給我一種幼幼的感覺。偶爾會看到小嬰兒手上掛著銀手鍊，細細的晶亮，細細的尊貴——雖然不太懂它背後是否有什麼習俗上的涵義。有價值又不太貴，就算明燦也還樸素——雖然歐洲從南美掠奪銀礦的歷史，想起來似乎很糟心。

有陣子我會給自己買銀色手鍊，有事沒事瞄一下，心情會變很溫柔。有天回家脱鞋時大驚，怎地鞋裡有串銀色星光：鯡魚頭！我竟也有鯡魚頭般的奇遇。

鯡魚頭的故事是從巴哈的傳記中看到的：話說有天巴哈窮途潦倒肚子極餓，不記得他是唱歌或奏樂，有人丟給他幾個鯡魚頭。鯡魚頭不是太有價值，印象中是吃剩丟給貓的。人家丟鯡魚頭來，實在不知是侮辱或喝倒采的意思。

然而，當巴哈撿起鯡魚頭後卻發現，鯡魚頭裡竟藏寶物——我在鞋底發現銀製品後，第一個反應也是：我交了鯡魚頭運！

我癡癡地想了幾分鐘，鯡魚頭中銀所意謂的奇蹟與幸運後，從喜出望外回歸實際的推理。這才發現，什麼鮭魚頭！鞋底的銀，是我不小心勾斷的銀鍊子掉在鞋底——算起來，不但沒像巴哈收到贈禮，還是自己壞了一件首飾——但這樣也能因為誤會，整整幸福升天了好幾分鐘。查了一下，巴哈的鯡魚頭裡藏的是丹麥金幣，可我因為太喜歡銀了，始終記錯成鯡魚頭中銀，金幣更有價值，可銀與鯡魚頭顏色押韻啊。巴哈靠著這幾枚金幣度過了難關。

究竟為什麼不直接丟金幣，我始終想不通。當然只有窮途末路的人，連人家丟鯡魚頭也照撿不誤——作為寓言這很有意思，可難道丟東西的人心思那麼細密，若是假窮假困的人對鯡魚頭不屑一顧，自己要再下去把金幣撿回來？但銀製品帶給我的愉快，因此也包含了：我白癡，但對幸福頗有天賦。

016

帆是帆船帆

今年我正式進入一帆布包時代，有種託付終身的感覺。（笑）

因為看過某部紀錄片的關係，我買東西都會繞過皮製品。

心理障礙最大的是皮夾——都叫皮夾了，不用皮製品，彷彿有點逆天。

後來真買了一個紙製長夾試用，完全沒想像的不牢靠。用了幾年，下水去洗，就跟洗手帕沒兩樣，晾在陽光裡，又像新的一樣。

不過，就是在晾舊長夾時候，在網上逛起長夾區。

我一向會給自己準備兩個長夾，出國時候，台灣用的東西放一個，在外國用得到的東西，另用一個。上次選紙長夾看了很久才看到對眼，下訂後很覺筋疲力盡，短暫地患上「選夾厭倦」——所以出國備用或說「換洗用」的長夾，始終空著。

拿紙長夾去晾之後，對自己的選物力很感喜歡，終於動心想要「第二長夾」。

想到錢包或行李箱，我最不希望的就是「被偷」。所以會排除炫耀感太強的東西，雖然還不在上面撲灰，但亮眼的首先不要。這種想法也不知有根據沒有——小賊偷前不見得看過皮夾，難道到手發現敝人錢包長相平凡，就好心還我？但為了心理上的安全感，沒法用太豔的東西。可我又同時有顏色依賴，讀書時候，越難的科目，就用越喜歡的顏色筆記——顏色對我非常有用，那要自己不掉長夾，黑色就也不夠稱心。長夾一要別人不偷，二要自己不忘，寧可買前多花點心。

一開始注意到一帆布包，是因為它在描述顏色時的細膩——我真的很吃這一套，文字一對，就生好感。但還怯怯——對品牌時不時存懷疑之心，覺得有些品牌多少是誑人的。所以，一直到使用的前幾天，都還不敢放心喜歡。

每次去台南，提到「想逛台南的帆布包」，台南朋友都一臉「妳有點怪」，使我沒能堅持。

都以為台南是帆布大本營，一帆說起所在地台中大甲與包包的淵源，卻又有一番道理。網路上有篇評比台南帆布包三大店，寫得非常好看。帆布最早用作船帆與畫布，帶在身上，下意識地想到：旅行還有藝術史，都是會帶給我好運的事物呢。

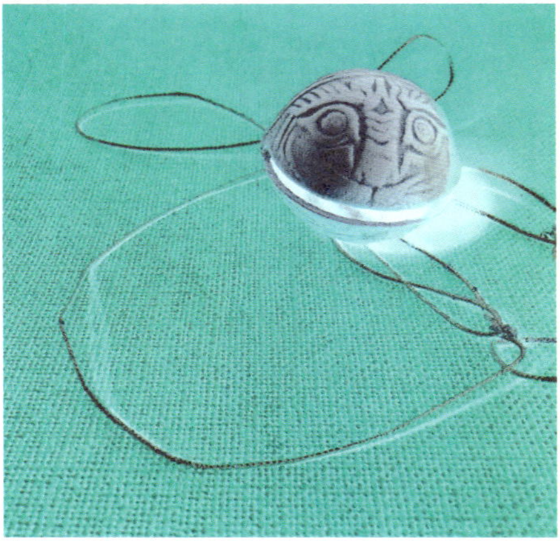

017

回魂響鈴鐺

每回我經過小百貨，都要克制買鈴鐺的衝動。鈴鐺便宜，衝動來得也容易。

可是買鈴鐺來做什麼呢？

葡萄牙把製作牛鈴登入世界文化遺產，製鈴人沒剩幾人了。手工牛鈴與想像不太一樣，它一點都不小，比養樂多罐還大一些。且牛鈴不是只用在牛身上，影片裡繫牛鈴的是羊。手工製鈴沒落的原因至少有兩個，放牧少了，真的需要，又有工業製的牛鈴可取代。

馬勒的A小調第六號交響曲裡出現過牛鈴聲：太好聽——大半樂器若是刻意，總能拔尖刺耳，牛鈴就沒這個性質，它的音色暖溶而不暗沉——畢竟掛在動物身上，一走動就發出聲音，若是難聽，動物與放牧人不火大才怪。

小石很小的時候，我帶他去公園，那天有個轎子體驗活動——轎子飾有鈴鐺。因為小石還不太能聊天，我沒話找話說，就說了「誰去給貓掛鈴鐺」的故事。沒想到小石一定要追問，後來鈴鐺掛了沒。可惜他年紀太小，不然，他那激動陷入實踐哲學的心情，若能化成語言，一定很有意思。

在京都，我買了神社的鈴鐺。第二天，我在過馬路時，卻陷入恍神：應該退後的剎那，不由自主地向前，若發展下去，只能被撞死。但是鈴鐺在背包裡發出聲音，我因為聽見鈴聲而猛然關閉了夢遊模式——千鈞一髮——我原本不知道鈴鐺會回魂。

因為這個緣故，我對自己說，這個鈴鐺絕不送人。可有次我碰到個女生，對我說了她是家內性侵的倖存者，來活動路上還險些出了車禍。在這種狀況中，不把鈴鐺送她，我覺得完全不行。一年後我再看到她，她好轉許多，也許鈴鐺真有點作用。

「她並未搖響我耳朵深處特別的鈴鐺。」——村上春樹筆下的男主角追憶年少分手的女友。離開她，是因爲另一個女人搖到了鈴鐺。這個比喻很棒。看起來，每個人都會想跟著有搖鈴大法的人走，鈴鐺是神秘存在與孤獨的化身。至於割捨與鈴鐺無緣的人，是必然的嗎？宿命的人會滿意村上的說詞。不過，我想，或許也有別種想像。

018

假領說說話

張愛玲的〈花凋〉裡談做衣服，這不要，那不要，最後旁人提議「領子也不要」，女主角難以接受了——衣領曾是負隅頑抗的那一隅。窮不能窮孩子，省不能省領子。

做學生時，制服襯衫都有衣領，還不覺得多特別。女生群裡我是近於邋遢的，對衣領卻有深刻愛好——尤其喜歡超級無恥的豪華翻領。有次看到一件牛仔外套，衣領大片大捲有如太平洋的海浪，樂死了。在試衣間看了又看，還拍照留念——因為知道我不會買，穿也頂多在家裡——可誰在家裡穿牛仔外套啊。

大法官金斯柏格的傳記電影上映時，最讓我喜不自勝地是發現，柏格老大竟是個「衣領控」。網路上有個署名ninina寫的〈愛童話時尚考：關於領子的歷史〉，介紹了十種衣領的歷史。作者戲稱最初的「拉夫領」(ruff)為「羞羞圈」。中文名「襞襟」。左思〈嬌女〉中的「文史輒卷襞」說的卻不是衣領，只是將書捲起不讀。是寫自己女兒的活潑。襞者，皺也。

我懷疑拉夫領引起我的眷戀，與聯想到書頁連翻有關。

《延禧攻略》我沒看——介紹「雲肩」時出現劇照，才激起我興趣。但古裝劇常悖於史實，這裡不細究——復刻慈禧的珍珠雲肩，我近視沒看好，一開始以為是童軍繩綁著來著。這件雲肩有意思是它視覺語言上的「反衣之衣」。理論上點與線不足成衣，總要是面才行，但這裡就是把點與線放在面之上，造兩個假面，鏤空面與叢聚鏤空——同樣的概念，用鐵絲也行——亞當夏娃會用草編果實編。環保向度回收塑膠吸管也可能。

我的假領收藏有二，上扣綁帶各一。愛惜緣故，只有特殊場合才穿。

假領的戲劇化聯想包括：披風、項鍊、還有枷——代表了保護、裝飾與束縛。此外強化肩頸這一功能，我認為與分散對胸部的注意力有關——不管文化多麼胸部控，此部位因為複雜度的關係，不易有萬全的設計，轉移焦點也是「走為上策」。「枷之感」或許較少被想到——衣服本就是束縛，假領又是「宣示的束縛」，英文說「枷」是「木製領」。假領若說話說什麼呢？大概就是：渴望溫暖與美化的人，穿我做掩護，記憶著死亡。

019

無敵後背包

「人不可貌相」，背包也是。

後背包對我很重要，因為我先天不良。說得好聽是削肩，其實就是沒肩膀。沒肩膀，優雅地吊著購物袋或單肩包走路的情調，我完全不可得。

但後背包就可隱藏我的弱點。雖然我也經常攜帶購物袋，但我的原則是不單肩揹也不手提——寫字的人手腕就是命，沒有每天跟它磕頭請安就算了，讓它提東西？門都沒有。

背包是我在景美夜市買的。菜市場或夜市，有時會買到不錯的東西，有時也有雷——買過一個背包，不久內襯布就碎得不成樣。但這個背包超過十年——用了七、八年之後，有些部分才有磨損，還有就是原子筆漏油，導致一片洗不掉的藍。這算使用者的錯，帳不算在背包上頭。

差不多時候，我有另一個背包，到哪都有人說好看——但它讓我極度沮喪，因為幾乎放不了東西。人家送本書，天熱毛衣脫下來，放啥啥不行——嚴格說沒大缺點，但一年到頭就是「裝不下」。背包不裝東西的嗎？身為堂堂背包，橫豎就只有包本身可以背，不就像個不載客的公車嗎——如果這包叫「無聊背包」，另個「無鹽」背包，我就要恭奉它「無敵」二字。

它的存在：無論我怎麼目測「裝不下」，它就是裝得下；無論東西怎麼重，背起來都不重。背了三十本書，我還往裡面放，牛奶、雞蛋、罐頭——因為我是可怕的省時王，出門可以辦四件事，我絕不辦三件——容得了我這樣瘋狂，就是這個無敵包。

後來我喜歡過「無感背包」——但無感沒多久背帶的縫邊就發鬚——所以也不光是材質，還有別的原因，使無敵那麼無敵。在網路上查一下商標，特高特，似乎是彰化台商發展的品牌——主業是窗簾——這又是另一個故事了。

這幾年我不太用它，倒不是因為它不堪用。像對待老臣老馬的心情，想它勞苦功高，想讓它「安享晚年」——無敵背包買時沒有「貪圖美色」，但也沒想到它實用到這地步。對於製造它的人，我有深深的感謝。這些年讀了書，吃了食物——前提都是：它裝得下。

020

心輕如羽毛

小學時跟我母親去員工旅遊。有一站是什麼園區，有點馬戲團。我一個人進入的房間裡，看到號稱生下來只有頭的女人，脖子以下都被花環繞，靠花輸送養分給她。長大後看到有文章說，那是利用視錯覺造成的。

「花女人頭」，實在淒慘。我以為她被囚，趁四周沒人，問她：「妳有沒有護照？」她說：「沒有。」然後我就不知道該怎麼辦了。如果她有護照，難道我能幫助她逃亡嗎？像抱著高麗菜帶走她？回遊覽車上說這事，大人都隨便敷衍我。這事我可能會再談，現在想說的是「異人」——在新聞裡看過，有生怪病的人，手生出樹狀物——很接近花女了，更遠一點，想起天使——有翅人形，會不會也是神聖化的病體？「請天使保佑我」——後來基督教的朋友跟我說，天使力量沒很大，我這樣禱告，沒巴結到對的人——她沒用「巴結」這詞，但她意思就是如此。

我恨羅曼史調調，曾說「再讓我看見『天使般的微笑』，我就要去死」。敝人的小說〈淫人妻女〉寫亂倫是，女兒「被安裝上權力與天使的翅膀」——重點是人從此非人。我想的是真的從身體出發的畸變——寫時並沒有看過類似畫面，後來在畫冊上看到，簡直要叫喊出來，真有這圖像！如我所想，肌肉到羽翅接壤處的變色有著不自然的撕扯感——雖然天使臉上笑笑。

紅白羽毛是我拍短片時買的道具，用來表現暴力。紅羽毛比血的效果還好。人明明沒有羽毛，可是在想像裡，人鳥似乎不分彼此。父母罵兒女常用「翅膀長硬了」。古埃及死者受審判時，是把心臟與鴕鳥羽毛各放在秤的兩頭，無罪的人，心臟會與羽毛等輕。這人就可變成星星。若心臟比羽毛重，這人就得再死一次。因此，埃及有「真實的羽毛」這種說法。

在路上，小石看到羽毛就如獲至寶撿來給我，一面大呼「羽毛！姑姑！」，我緊張地制止：「不要亂撿地上東西！」我給小石說過埃及羽毛這一段——他大概想成「撿真實給我」了。

021

恥之打火機

這個打火機原來並不屬於我，是我跟朋友討來的。

因為我平素並不會跟人討什麼東西，所以朋友很爽快地把打火機給我了。

特別的打火機不是沒有見過。我在巴黎看過一個稍大的打火機，上面只寫著一個漢字「命」，真的有夠悲愴。莒哈絲說拿酒杯時，無時無刻不想著死亡，我想打火機也是。有些人對被生到這個世界上來存有憤怒，我認真想過這個問題，覺得我並不討厭生命，但對活下來這事，與其說喜歡，不如說是被動接受——我漸漸學會把自殺的念頭放在一邊，因為我認為「被動」，從某個意義上來說，它並不壞。被動一般被視為缺點，但被動的人至少不容易自殺。

自殺也有點像罵髒話。據說有科學研究，罵髒話有益健康，但我基本上，不支持任何罵髒話的行為——原因在於我感到我屬於文字隊——我們應該在任何髒話時刻，仍然堅持說話。不贊成對某人罵髒話——因為這表示，「你／妳不配我對你／妳說話」，是種藐視。在一般情況裡，不想藐視任何人。不過各國的髒話我都有存量，有次遇到性攻擊，當下罵得流利——警察都會說不要惹怒歹徒——但罵髒話多少救了我，因為我當時需要逃生，罵髒話使我迅速從驚嚇轉換到憤怒頻道——若嚇呆，可能很危險。冷靜比火爆佳，但火爆又比愣住強。

我想要這個打火機，因為上面有足球明星席丹（Zidane）。

席丹有件事令我非常驚訝：他因為被激怒而犯規，導致法國失去世足賽冠軍。我是一個經常以大局為重的人，比賽的目的無非是贏，再痛苦，再難受，我都會想要忍到底，不為自己，也要為隊友忍。我如果做出像席丹那樣的事，我一定會羞恥得活不下去。

法國人不認為席丹對，但並不深責他——這畢竟是一個對國族主義有反省的國家，並不那麼執著冠軍。他們覺得丟了冠軍很可惜，然也自嘲地接受。大部分人對席丹的愛並未稍減，顯示他們並不視運動員為取得光榮的工具。

如果你／妳覺得某事太過羞恥，這感覺是真實的，但往往並非唯一一種可以有的看法。我要自己偶爾看看這個打火機，提醒自己，我還沒闖下比席丹更大的禍，我對我的羞恥感，應該知所節制。

022

OK繃

我對ＯＫ繃有些講究。

肉色ＯＫ繃，因為最古典，一眼即知「我受傷」，我沒那麼喜歡。

有次我買到漂亮得不得了的天青色。好不容易受了傷，終於用到。簡直像什麼時尚玩意。那個當下，看著被美化的指頭，還真覺得，不翹著藍色手指去個什麼舞會，只能自己看到，有些可惜。

作為一個做著低危職業的成年人，我受傷的機會並不多。不過，偶爾切割傷或燙傷之類，一年大概也會有一回。我通常很小心，會馬上「包紮」。因為指頭傷了就不好打字，必定要避免惡化，血也不能到處滴。只要護惜傷口，不使它碰碰撞撞，痛幾天，不方便幾天，ＯＫ繃就功成身退了。

現在的ＯＫ繃，說是美國嬌生發明的。但法國人果然動不動就思古，會說史前時代就存在，上古史籍裡就有記錄。拉伯雷的小說裡出現過，狄德羅的百科全書定義過。法文的「處理傷口」panser與「思考」penser，兩者共用字根。我雖然曾講述過「創傷與創造」這類講座，但兩者在語源上如此接近，還是最近才發現。葡萄牙語看起來更相鄰，難道，葡萄牙人看到ＯＫ繃，都會想到「思考」這個字嗎？那倒也好玩。

去年腳骨小傷，問題不大，但沒法穿鞋，所以急著要好。藥房給我結實地上了一堂冰敷課，藥師彷彿看穿我般道：「不是越冰越有效，也要避免凍傷。」我本（洋洋得意地）要來個超低溫急凍速療法——沒想到這等野蠻心理一下就被道破。制止發炎的原理非常美：首先要避免發炎面積擴大，讓它侷限於小面積中。再來才消炎。

這也是處理痛苦的原則。ＯＫ繃讓我們清楚看到「傷口是小的，傷口在哪裡」，很多時候，這就「差不多癒合」了。有次我問悲傷的朋友：要不要在你額頭上貼一個ＯＫ繃？他應該沒有照做，但他覺得非常好笑，他笑了，也就沒那麼悲傷。這是我喜歡送朋友ＯＫ繃的原因。小傷口小破皮，通常自己處理即可，但難免有些小哀小愁。這時候，如果有趣味的ＯＫ繃，「我終於可以耍可愛」的感覺，就會蓋過「我怎麼那麼倒楣」。如果人生持續此種興致，也就相當於，十分幸福吧？

023

客家花布花

我的客家長輩一看到客家花布的反應就是：「醜死了。醜死了。」

「哪有醜死了，只有一點點醜啦。」我想解釋：「如果你會看的話，這是有學問的。」

「醜死了醜死了。」他堅持。

我的任何族群向心力都不強，想來也不會因為對客家留情，就頑固地「情人眼裡出西施」。

長輩因為自己是客家人，對客家花布大鳴大放，沒有任何後顧之憂。其他人如果覺得客家花布醜，是不是會悶在心裡「有醜說不出」？

好幾次，我都在某些文章裡，想要「細論客家花布之美醜」，但因為往往離邀稿主題有點距離，若非難以暢談，就是自認太過枝節，想想就把起頭的幾行都刪掉，想日後要再找機會寫。

即使是客家文化的網站都說，阿婆花布「太過豔麗」，難以交代它引起的俗氣與土氣感。

我的住處始終有花布的影子，我覺得它很好用，發現什麼東西醜，我就用花布包一包，世上總有比花布還醜的東西——為什麼一向對飽和色很感冒的我，對花布並不反感？

我是有次去六堆伙房吃飯猛然醒悟的——店裡入口有一處的橫樑或什麼，店家將它以不連續的花布規律地包起來，對花布造成了某種「截斷」的效果，形成「花／不花」的重複：我恍然大悟，花布不能分割出來看，而是要放在環境裡，一把它獨立，它就太嗆，可是一旦環境裡有什麼暗沉灰階，花布的「噪音色感」，就頗能加以平衡——如果在某種單調中，加入柔和優雅的顏色，非但後者的嬌媚會糊掉，前者的呆滯也不會被振起。這時只有花布的艷異，能夠與之相得益彰。

以味覺比喻，花布類似辣椒，誰單吃辣椒能喜歡辣椒啊？可有多少餐點，若沒加點辣，不會那麼好吃。我們現在看任何物事，都習慣以「小全景」的眼光看，這用在花布上，就有如吃辣不吃麵——就以採茶來說吧，花布不只會跟斗笠一起出現，也是在大片綠色中。城市人遠離自然，一點綠意就覺非常養眼，看到土壤泥色，搞不好會物以稀為貴的戀戀不捨——然在田野久待的人，大概也會像海上的水手般，覺得海藍厭膩，索求青綠之外的顏色吧。

潘小雪給《台灣花布》寫的序，用幼時在鄉間的色彩經驗，談到了類似感想。沒有如插圖等人工的美術出現在周遭，花布的花樣，就顯得寶貝，就連使用時，也會刻意將花樣翻到目光所及之處。

縱然世界上有再多橡皮擦，老吳橡皮擦才是不可取代的橡皮擦。

024

老吳橡皮擦

老吳是我幼稚園娃娃車的司機，他的車就叫老吳車。都叫他老吳老吳，也許看在童言無忌的份上，不跟我們計較。上幼稚園第一天，大型娃娃車就壓死下車的其中一個幼稚園生，我模糊地疑惑，是否因為老吳車比較安全，我才換乘老吳車。也可能不是，聽說進幼稚園前幾天的娃娃車是暫時的，後來才各自分到不同的小車上——說小，大概載十幾人。

我坐老吳車坐了三年，只有一次出過錯。不知道是時間沒算準，或是老吳眼花沒看到我。我在被託付的雜貨店等了又等，雜貨店老闆幫我打電話到我母親的學校。我媽火速趕來後，我們坐計程車去了幼稚園。娃娃車接送看來單純，但要一有差池，也挺麻煩。

老吳可能是我最早認識到的愛小孩的人。說來好笑，只不過是坐娃娃車，但我們對坐副駕駛座卻有強烈的執著，好像會爭搶哭鬧。老吳的辦法，就是每學期初，把娃娃們輪流坐副駕駛座的日期製表，貼在車前。我還記得有一回，放學車上，我提醒老吳：「老吳，明天輪我坐前面了。」他笑了出來，說了幾句話，可能是「記性那麼好」，或「真的好在乎」吧——可見他那張輪流表，在我們眼中，真是非常神聖。我當時還覺得，老吳怎麼可以笑我呢，明明做了表呀。

老吳送過所有小朋友兩次文具禮物，第一次是粉紅粉藍成雙的橡皮擦。橡皮擦令我印象深刻，因為是我第一次收到禮物——父母應該也會給什麼東西，不過關係遠一點的人給的東西，禮物感才鮮明。我還把其中一塊橡皮擦，轉送了弟弟。那天老吳心情非常好，可能是他親人從遠方回來。當時年紀太小，不可能有能力去認識，老吳是什麼樣的人，娃娃車司機準備有給全車娃娃的禮物，如果禮物來自老吳的親友，代表娃娃們在老吳心中也有某種份量吧。小孩是最沒有能力回報的人，坐了三年的老吳車，如今我最多只能記下這小小的回憶，願愛小孩如老吳的人，都平安健康。

025

Metoo時間徽

大大小小的徽章，我說多也多，說少也少。原因是設計或文字比較特別的，隨手會送出去。不過，我通常手邊還是會留幾個，不一定是因為它們的美感，而是救急實用。比如臨出門時，發現黑色衣服上竟然有個白色牙膏沫子，或是背心上衣肩帶過長會往下溜，那麼徽章拿來蓋住瑕疵或是固定衣物位置防走光，都很好用。

記憶中我看過最妙的一個徽章是在德國的公車上。上面寫著「我痛恨芭比那個賤人，她應有盡有。」感覺很爆笑，尤其因為別著它的是個年輕男生。前陣子巴黎有個芭比娃娃大展，大概是從美術與社會文化意義去看芭比的歷史，電視台訪問了一個年紀很大的老太太，沒想到她也口出穢言，說絕不給自己的孫輩玩芭比，她也叫芭比「賤人」。不知詛咒芭比是否是個我錯過的風潮。

我對芭比沒有那麼強烈的情緒，因為它在台灣流行時，我已經上小學或許中年級，我覺得我有的幾個娃娃都比芭比有趣，也沒認識過鍾情芭比的朋友。不過芭比就是比較有名，就像夢露一樣變成文化象徵。我對它的想法並沒有那麼負面，因為我猜測小女孩喜歡她，可能是對無法控制年長女性的補償。芭比年輕，但與傳統娃娃最大的不同，就是芭比是個成人。傳統娃娃不是嬰兒就是小女孩——甚至還不到青春期。「宰制」一個成年女人，把她當娃娃玩，女童通常沒這權力，或許玩芭比也暫時平撫了「媽媽不聽我話」這一類的創傷。

「是時候了」，這是Metoo運動出現的口號。口號雖然簡單，但背後有著無盡的憂傷與奮鬥歷程。這是我在紐約大學附近的公園裡，跟小販買到的。與另一個群學出版社在國際書展送的馬克思徽章一樣，屬於徽章中「收藏但不常使用型」，可能是覺得在徽章類中，是比較嚴肅的。

不過，有些時候，我也還是會把這枚徽章別在我的背包上。它提醒我，我是什麼樣的人，還有，我與什麼樣的人，情同手足。「我也是」。

物已不存

026

囤積了拖鞋

不知道是否亞洲人對拖鞋比較有感，我在台灣時，從來沒費心買過拖鞋，隨便一看，就會有對眼的，所以從來不覺得拖鞋是生活中的什麼事。

但在法國那些年，沒有喜歡的拖鞋，竟很困擾。拖鞋只在大賣場看過，也只能在大賣場買。賣場的拖鞋不知為何，看著不對勁，總覺得它像會掉毛——事實上是否比較會掉毛並不知道，或許是錯覺。像我很容易過敏的人，看到會掉毛的東西，就會不安。其實後來回台灣看，拖鞋也多的是毛絨絨的，但看起來就像不會掉毛——日子還是要過，只要不想起就算了，若想起腳上的拖鞋不是情投意合下買的，難免有點恨。

在巴黎幾年了吧，有次逛賣小首飾的小店，意外看到一雙喜歡的拖鞋，草編質地夾帶是銀緞帶，也不貴——此等秀異對比賣場一群呆若木雞的拖鞋，簡直是仙女下凡來著。我有種「何日再逢君」之痛感，結帳時就麻煩店員給了我兩雙。竟然囤起拖鞋來了，我不禁感慨。

有次看綜藝節目，來賓建議眾人要有備胎的心理，交往時多幾個人在名單上——眾人譁然。我認得這類的人，不只騎驢找馬，就是坐在馬上也在看看，是否有大象。我之所以沒與節目中的眾人一般覺得驚世駭俗，不是因為我懂「有備無患」的哲學，只是因為我見過了，知道這沒什麼新鮮。

但自從我囤過拖鞋後，我忽然就比較懂了。某人對人，大概有像我找不到好拖鞋類似的記憶吧：尋找大不易，一旦失去就會感到嚴重的失落——我對我的新拖鞋患得患失，也是因為之前「苦過怕過了」。一旦有了，就不願意「一朝無此拖」。對拖鞋尚且如此，在感情中的預防性囤積行為，也就不難了解。囤積總與恐懼相關吧。人會改變也會死亡，與拖鞋相比，不知哪個較脆弱？如果人與人之間，在意的是舒適與安全，囤積傾向，就再自然不過。事情根本無關妳為何沒被專一地愛，而是對方克服不了恐懼。畢竟，誰能像一雙拖鞋不壞一樣，保證自己不死呢？

長大後，我自己竟然也買了一隻「毛怪」，但這隻沒有那麼可怕，至少它的眼睛是看得見的，毛還是短短的。

027

象人與毛怪

那是一個布滿白毛，看不出身體形狀，但有眼睛的「怪物」。身體是螢光橘，全被白毛覆蓋，看不出是動物或精靈，也不知道它是善是惡，我以其特徵叫它「毛怪」。我媽把它送給我時，這樣說的：「我想既然要買，就要買最特別的。」（我覺得她說這話時表情有點兇狠）我收下，內心不停地哭泣，覺得在我媽心裡，我一定是一個非常不可愛的小孩吧。

對真正的老，我有過非常樸素的反應。三或四歲的我，奉母親之命去雜貨店買東西。我在小路上驚恐地尖叫，像要被殺頭般。在那之前，我沒有看過那麼老的人，我生活中最老的人就是阿嬤，可她平日總是打扮得美美的——對於真正的龍鍾，彎腰駝背與皺紋如溝渠，我一點概念都沒有——。尖叫之後，我有點明白那是個老人——這是極度失禮，也是極度天真——很可能「從小就很對不起老太太」，我到現在只要看到老婆婆，都會幫忙提東西或護送過馬路，也許愧疚感還蠻深的。

毛怪令兒時的我害怕，與那純粹的老態應該有關。我在心裡開玩笑說，我媽才是「藝術家」，那種獨斷、無情與自我——對造成別人痛苦完全無感，我在心裡封她為不畫畫的畢卡索。我視她給我的痛苦為教育，不過，我也一向就抱有某種對「藝術家」的永恆反感。我愛布魯蓋爾不愛布許——後者對我來說太任性——但不是說就不是好的藝術家，只是我不愛。

七歲那年，我跟大人一起看電影《象人》的錄影帶。那之後大概有整整一年，我在睡覺前都會恐懼哭泣。按分級制來說，不該給小孩看。道德上來說，人都要超越感官的美感才是成長的正道。但我覺得我太早就被剝奪均衡成長的過程，被象人與毛怪霸佔了注意力——等到能自主後，我對親近美型之物，絲毫不覺得有何愧慚。——不過就是終於平衡一下。

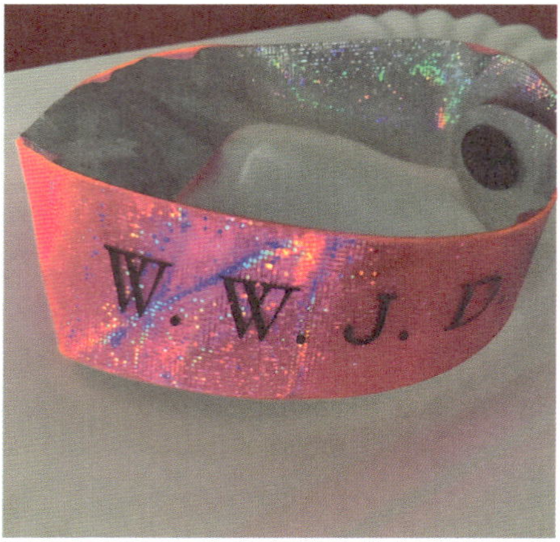

028

信徒的手環

高中時，有年生日，死黨阿廢送了我一條帶十字架的項鍊。我不是信徒，她也不是——不過我很喜歡十字架的造型，這種默契，是友情中很珍貴的東西。

這個手環如果不是在校園書坊，就是在類似地方買的。基督徒有個很大的好處，就是對禮物的想法奇多。這個手環最逗的是用了螢光粉紅，四個縮寫字母代表了一句話：耶穌會怎麼做？基於我愛鬧的性格，我一買就買了兩條。

彼時我剛回台灣，臉上有種迷茫的表情，無論公車司機或路人，都會主動詢問我是否需要幫助。有天戴著這手環坐在某個咖啡廳，果然有人來跟我搭訕，把我當成了夜店咖，問我，縮寫是什麼意思？是舞廳或什麼吧的通關密語嗎？

我正色告訴他，這四個字母代表的英文與中文句子，對方果然一副被打敗了的囧樣。我遊戲人間的興致，大概就那麼大了——也不是成天沒事只能作弄人，此後就也沒什麼機會玩——而且，萬一遇到懂的人，以為我在宣教，校園書坊又有些反同，那就與我貪玩的性情太無關了。所以儘管這手環配黑色衣物還不錯，它亮相的壽命倒是很短。

縮寫是蠻有趣的東西。J. L. G.就是高達，但寫成J. L. G.就有種「既不是神秘也不是不神秘」的調調。撇開耶穌，「某某人會怎麼做？」實在是句不錯的問話。有些勵志或幸運法之類的書，也會要讀者問，某某會怎麼做？我看過的那本是日本書，所以好像還出現「豬木會怎麼做」這種相撲迷才能了解的問句。

我青春期時會交年紀比我大八九歲以上的朋友，她們通常就是怪又酷。當我遇到不知所措的狀況，我就會自問：某某會怎麼做呢？——如此本來不怎麼酷的我，當需要酷一點時，也能「說酷就酷」。——人啊，都是需要一點「別人」在自己身上的。

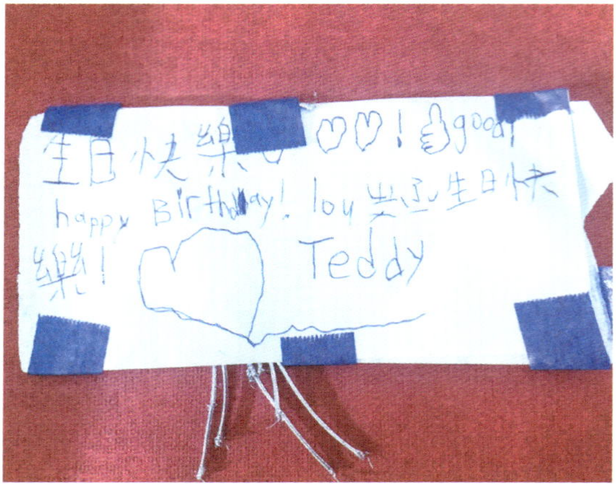

029

小石的勞作

我是出了名地會哄小孩。

小石小時候有陣子迷上開冰店，我們兩碗五子棋就可以玩上一個晚上。黑色的五子棋既是巧克力又是芝麻，葡萄也是它，藍莓也是它。我負責點冰，每次想出新的品項名，小石負責做，總之就是黑子配白子，有時黑子多一些（老闆我要多澆一點仙草在我的冰上），有時白子多一些（老闆這次給我雙份鮮奶油）。

他去做冰，我就爭取這幾分鐘讀幾行字。不管白子多或黑子多，我都一律會驚呼：「太好吃了。」「你有獨家秘方吧？你的獨家秘方是什麼？」有時他會謙虛幾句，有時也會學我胡謅。

這個卡片是我哄他去做一個蛋糕給小熊，他把蛋糕捧來給我，我因為手邊還有事想做，於是再打發他去給蛋糕配上賀卡。

紙筆給他了，又把我的藍色膠帶與銀線給他，盼望他至少弄上個十來分鐘。小熊原來是沒有名字的，為了讓他煞有其事，又趕緊賜名小熊叫LOU。太長怕他記不住，我大概還一邊在跟其他人聊天或做自己的事。

做賀卡果然讓他忙了好一陣，膠帶與銀線的應用完全不知所云，因為我從小勞作就不怎麼樣，所以看到這個水平，也不會不滿意。看到他所有材料都用上了，足見誠心。

我們一起做過不少東西，其中最大的工程是幫他蓋台北捷運。那車站、軌道或捷運車，沒有那麼多空間，什麼都留下來。只有這個賀卡，留下小學以前的他，大概都有些什麼字彙的印記，雖然外觀普通，我還是留了下來。最讓人印象深刻的大概就是，他還畫了比讚的指頭——果然是數位時代的小孩呀，雖然他只偶爾可以玩爸媽的手機，臉書的「比讚」圖型，還是已經成為他的語言了。

臉書時代，對於我們原本未必知道可以說些什麼的人，我們至少可以按讚。不過，對於我們本應該說得比「讚」更多話的人，「讚」有時也讓我們不自覺地少說了。有時還真要想想，是不是對該多說些話的人，說得太少了。

2012
2021
SCHEDULE BOOK
2020.12-2022.01
EVERY DAY IS A NEW DAY
EVERYTIME IS A SPECIAL TIME

030

一年行事曆

儘管理論上來說，電子行事曆應該很好用。——我還是在使用紙本行事曆。

行事曆是種很妙的東西，對稍微謹慎的人來說，不會在上面寫什麼太私密的東西，那是日記的功能。它也不是只有日期的日月曆，如果只用來看日期，沒有留下記錄，那其實也不用行事曆。每年年終時，總會有點為難，過期的行事曆就像過期的星座運勢一般，不管內容好壞，都沒有意義了，若說要知道那一年做了什麼，有什麼感想，得看日記，可是要把它丟掉，就又有點捨不得，彷彿開除盡忠職守一整年的好秘書。

高中時候開始用行事曆，有一年我還很瘋狂地替行事曆做了很美的封面，那時很迷盧昌明的「熱戀傷痕」，用了很多有關的圖案，不知道那時為何突然與行事曆「墜入愛河」。此後，就恢復務實。一年總要有一本行事曆，我通常選長條信封狀的，要它極輕極簡，中間有幾年也會有小小的變化，比如封面是硬皮的，畢竟要用一整年，雖然現在是大人，不至於一年的東西就用到破破爛爛，但有個護套還是好——行事曆如果用到幾個月後才要換很麻煩，也可能買不到。

紙本行事曆除了標出日期，最關鍵的其實是「培養情緒」——就像坐車時，該記得的不是要在哪站下，而是前一站的站名——如果是固定上下班或回家自然不用注意，沒有站名也知道怎麼下，但是遇到新的目的地，「前一站」就很重要——如果只記得自己要下的站，一不小心就會坐過站——行事曆要看的不是當天，而是「還有幾天」，所以與行事曆，總有種親密戰友的關係。

行事曆還有個不是很顯著的角色，我也喜歡。那就是每月一箴言，比如十一月是「日日未必皆好日，日日皆有某事好。」一月是「太陽會再升，我們會再試。」九月則是有點無厘頭的極簡「如此快樂！」——九月如憂鬱星期一，開學月確實很需要士氣吧？所謂至理名言，總是有點老生常談——不過，就像「請、謝謝、對不起」，總有派上用場的時候。

031

剪刀是雙刀

我年紀尚小時，有次家裡親戚的小男孩，把我的小剪刀拿走了。小男孩比我大一點，不知為何，我自己無法成功說服他，將剪刀還給我。

我於是將冤情向上稟報。也是那時代的人喜歡開這種玩笑，他媽媽向我提出條件：「妳答應以後嫁給他，我現在就叫他把剪刀還給妳。」

這事常常提醒我年紀與智力的限制，說得通俗一點，就是，「為什麼小孩子那麼好耍」。我雖然知道「嫁給一個人」有點事關重大，可是我太想把我的剪刀拿回來了，略微掙扎，就答應了。——雖然感覺我做的是一筆不划算的生意，可是「嫁人」這事，畢竟遠在天邊，現在我急的，就是取回我的小剪刀——以後好多年，「為了一把剪刀答應一樁婚事」，都是我被取笑的主題。——長大後，我對談判上心，因為小剪刀事件，給我「不懂談判吃大虧」的印象。

這事留下來的另一個記憶，就是原來我對剪刀好在乎。那個年紀，一不做菜二不裁衣，沒有什麼非用剪刀的理由。我所不願意的，是剪刀離開我。

不做衣服卻與剪刀淵源深的，我會想到安徒生與馬諦斯。安徒生非常會剪紙，我有一本書，都是他的剪紙作品。我喜歡剪，卻是沒有創造力的那種剪法，例如將報章雜誌的圖樣剪下之類。很早我就發現，剪東西會讓我平靜。

小時候我看過我阿嬤幫我做衣服，三兩下剪刀就用完了——那也是不行，我享受的是過程，總要剪得久一點，享受才夠。電腦「剪下貼上」挺頻繁，但說不上享受。職業的電影剪接師剪起東西來又快又細，我懷疑有時除了剪成果以外，也有純粹剪的快感。人可能無意識會恐懼「拿剪刀的女人」，因為那對應到閹割的形象。聖經中的大利拉兼職美髮，就奪走參孫的力氣。

剪刀其實是雙刀的優化，與女性性器更接近。如果在聯想中變成，女人的快感總成雙而至，不知對文明的影響會是什麼。

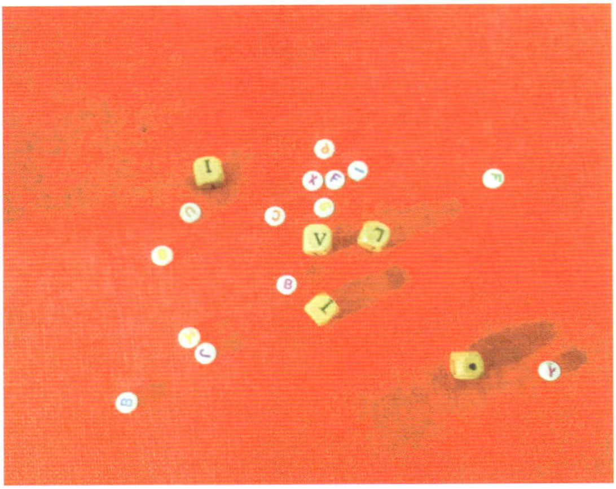

032

剩下的東西

去看忠泰美術館的殘山剩水展，賈茜茹的作品叫「物品命名計畫」。裡面的物品是可以帶走的，但在帶走之前，必須先與「帶走物」用立可拍合照。我本來很想帶走一隻史奴比手錶的，因為我就是有時間控，但忽然改變主意。因為手錶是環境中稍微亮眼的東西，我又變得有點想讓它留下，讓後來的人也感受「啊，竟然有隻錶」。

今天不寫藝評，不往深處去說。物品都不高價，因為那樣的話，不過就變成變相鼓勵物慾而已。相反地，有不少東西令人苦笑，「怎麼大家的『垃圾』都那麼像」——這裡用「垃圾」兩字，並非貶意——垃圾是價值不明之物，從垃圾有時就可看天下。有人帶走一個手搖鈴，真是幸運的傢伙。我一眼看上的是個藍色氣球，但我還要去別的地方，抱著藍氣球，看起來會很可疑。現在才想起，我根本已經有一個藍氣球!!!為什麼在場時完全忘了——天啊，這多像偷情的人會說的話啊。

看到有趣的東西是手寫的英文單字卡——把時間花在寫字母音標，大概是很多人的經驗。後來就想帶個鈕扣也不錯，可我惦記著有些錄影的東西，時間不夠就來不及看，所以就先離開去看影片再回來。但回來時立可拍不見了，也不可惜，因為想也想過了，已經「發生過關係」了。

和展場中相似的「垃圾」物品，就是這些字母顆粒。懂手工藝的人，會給它更精確的名字，但對我來說，它就是「剩下的東西」。有陣子我想在生活中建立一點反知識份子的氣氛，就學我的日本好友，投身串珠事業。做項鍊，要好的朋友每人一條，可大家不起勁，都當我是突然有毛病。但這些剩下的東西，本身看著就很美。我從巴黎帶到台北，手工藝早廢棄，也沒拿來占卜我的未來。偶爾打開盒子看到它，會想到「這就是那些我為了不努力而做的努力」。

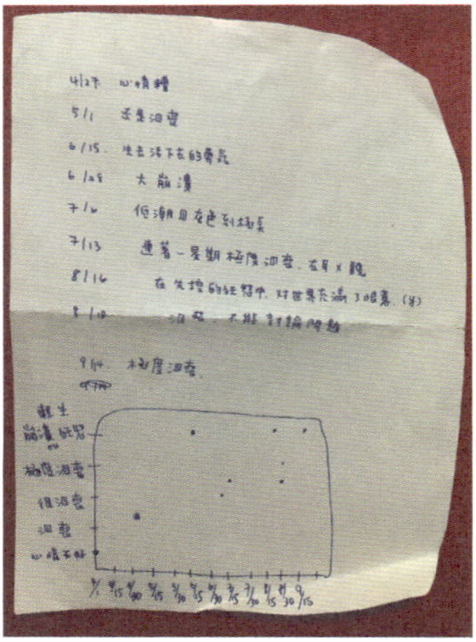

033

憂鬱的圖表

這張圖記錄了四月一日到九月十五日，五個半月的精神危機。沒有標上年度，只能估計應該是二〇〇一—二〇〇五之中的某一年。黃色紙是為整理學校筆記，買來增強記憶的。它的邊緣不齊，可能是紙的其他部份還有不相干的字樣，也沒裁得方正，因為最初不覺得這是重要或要保存的紙。

八個日期八行字，摘錄了天色變暗的感受，是從日記中抄下來的。下面還有一個甚為簡陋的數線圖，橫軸代表時間，縱軸顯示痛苦程度。數線圖將時間稍微向前拉，顯示四月一日「悲傷已有動靜」，到四月二十七日時，變得嚴重。

六月二十八標記了「大崩潰」，沒有任何外顯的傷痕或事件可查，但大概相當嚴重，不然我並不是容易崩潰的體質。右耳X聽，表示右耳失去聽力。這個毛病我自小就有，右耳會突然或一段時間失去聽力，但左耳從來沒有毛病。

有個括弧中間寫了y，現在想不起來是什麼隱語了。八月十八的「不能討論問題」，說得是內在語言能力消失——基本上，我只要能夠維持語言能力，對任何一個細節或事物，做出語言反應，我就會好轉。語言停止作用，代表好轉希望減弱。九月十四號雖然寫「極度沮喪」，但之後沒下文，風雪應該是暫停了，至少不再危險。

可能有人會覺得這是憂鬱症，不過持續最長的只有一星期。其他日子裡，士氣多少都有回升，也沒有沒去學校或睡眠的問題，雖然有「失去活下去的勇氣」這樣的描述，但比起我早年與自殺衝動日日搏鬥的經驗，我會認為這算是「不好受，但可以接受」。

會做數線圖，那是有點幽默地看自己：「妳都過些什麼樣的日子啊。」想不起來是在杜斯妥也夫斯基的哪段文字中，讀到過與憂鬱近乎荒謬的誇張對抗

——我想起這張，被我草草製作匆匆收起的紙，「對抗憂鬱哪裡誇張，我還會做數線圖呢」。

034

錦衣畚箕組

這個掃帚畚箕原來一組，現在只剩下畚箕了。掃帚也像畚箕一樣喜笑顏開，但是有回搬動傢俱時壓到，不小心被我弄壞了。

那麼花的掃除用具，真不是開玩笑。我在離家稍遠的超市發現，好在當時是夜裡，花枝招展的掃除用具帶在身旁，不會被人看見。此乃錦衣夜行之必要也。我的打算是，如果一套嬌媚點的掃除工具，可以令我多掃點地，並且樂在家事，那它的價值就非同小可，有利我的心理健康。但如此「華麗」的清潔用具，有點羞於見人。

為了讓自己更喜愛做家事，我真不知想了多少怪招——比如買過一頂浴帽，感情是在什麼攝影圖集上，看過有人戴著浴帽，愉快地掃除。本來的打算是，戴上浴帽，我就是家事女王，戴上浴帽，我的家事就是好事。結果，浴帽戴上只覺得熱，非但對做家事於事無補，還因此頭昏腦脹。

阿嘉莎僱的保姆總是希望阿嘉莎可以升級娃娃車，因為保姆推出去時也風光。以前我拜訪我阿嬤時，她總會給我看些廚房用具的日新月異——這把菜刀較好用，或這個罐子更方便，我雖不用心，然還是很為她高興。廚房是她可以支配的重心，她希望配備盡善盡美，這是最原始的「工欲善其事，必先利其器」。偶爾我也會特別講究器物，我總笑稱是阿嬤魂上身了。

高中時，補習班老師取笑我們，一立志就去買新參考書。我們聽了都笑。我買花式掃除工具，有部分可能像高中生買參考書，如同承諾自己用功，但做不做得到，又是另一回事。

小石當時還不太會說話，他看到粉紅雙人組，給予的肯定非常直接，他抱住這兩者，宣布：「這我的！」可見美的力量是多麼大啊。粉彩掃具沒有提高我的家事效率，但愉快呢，確實更加愉快了。

035

棺材樣品屋

小黑盒子是裝印章用的，應該是刻印的時候，印章行隨印章一起給的。

最喜歡的一句話是，簽章效力等於印鑑。不愛蓋章——印泥不是沒有，但顏色往往不是紅色。碰到有些堅持文件上要用印的，我還得到郵局借用一下印泥。有時領掛號信，咚咚咚跑下去了，郵差還是習慣要蓋章，為了避免我忘記，上下咚咚咚地跑，印章就放鑰匙附近——可心裡老不平，覺得用印是被強迫的。外國人沒有印章，我覺得是比較清靜的。

對印石倒是不討厭。去澎湖時喜歡買印石送人。不過，我最喜歡印章的部分，還是在這小黑盒子。因為它讓我想到棺材。

關於葬禮，我很早就想過了，當然是燒成灰撒一撒。能撒在海裡，自然最好，因為我很喜歡海，很小的時候就希望永遠生活在深海底。台北市在這部分還蠻有制度的，我第一次那麼高興身為台北市民，就是讀到市府海葬辦法網站的時候。最早的人類是沒有棺材的。因為打算燒成灰，棺材我應該也用不到。

而且，都沒知覺了，躺棺材還有什麼滋味？棺材這東西，要享受，就應該在生前。我不是唯一有這種想法的人，有人活著的時候就每日睡在棺材裡，印象中也是文學圈的人物。

我對膠囊旅館自然著迷得不得了。真弄個棺材代替床，還是太麻煩，不如在隱喻上接近。真別說我躺進膠囊時，心裡的那份感動了。絕不會嫌太小——我還嫌太大了呢。我本來以為應該是像在抽屜裡，收進去就不能動了。事實上，在膠囊的空間寫信啦、讀書啦，根本綽綽有餘，記得也有電視，只是我沒打開看。

對死亡的鄉愁，這話是說不通的。

我們活著的人，照理都沒死過，要說懷念死亡什麼東西，應該是胡說八道。說是這麼說，但有些想念無以名之，還是想念。

我打開這個小黑盒，我闔上它。當它是棺材的小小樣品屋。

1984
JAPON
COMÉDIE
CRAZY FAMILY
GYAKUFUNSHA-KAZOKU
RÉALISATEUR
Sogo Ishii
CRAZY FAMILY
INTERPRÉTATION
L'HISTOIRE
LA PETITE HISTOIRE

036

逆噴射家族

現在要知道《逆噴射家族》容易多了。

最早只是電視台隨便轉到，看沒幾分鐘，邊看邊打電話給朋友，說快去打開電視，神作啊。只要可以看《逆噴射家族》，什麼毛病都會好。我就是那麼喜歡這部片。但從電視電影台上看到這片的彼時，知道這個導演的朋友並不多，且大家也還沒開始用網路。

我是在巴黎ＭＫ２電影院附近，靠近中世紀博物館那間巷子裡的小店買到這張「不知道叫什麼的卡片」。卡片的正面有劇照，背面是簡介。有點像某種本事吧。日文名字沒翻成中文不好記，但我牢記著，只要看到導演名字有ＳＯＧＯ百貨的ＳＯＧＯ兩字，萬勿錯過。這種「電影資料卡」，印象中我買了三四張，有些送給朋友了，現在只留下這張。像小津或楚浮這類熟悉的導演，資料卡頂多是感情寄託，但這張就不一樣了——我深怕搞丟這張卡，會使我忘記這部片，一向把它和我所有的珍貴照片放在「寶物袋」中。

所以這個導演到底叫什麼名字？翻成中文竟然沒有「崇光」（SOGO），而是石井聰亙。過去每隔幾年，我都會搜尋這個名字。獨立電影不小心就會湮沒，早年讀導演本人的簡歷，彷彿是越來越地下發展的向度。不過，就算他只有《逆噴射家族》這部電影，也是「一片當關，萬片莫敵」。

二〇一二年，高雄電影節做了他的展，有八部他的片。他還來了台灣。但我不知在忙什麼，看到消息時，影展已經過去了。關於他的描述字數，在網路上也慢慢增多了，原來他的電影公司一度財務困難（這讓人想起美國獨立電影之王卡薩維滋），有十年在學校教書。但以他瘋狂與有才氣的程度，若說變成一個電影界的韓波，再不拍片，我也不意外。

重新出發後，他還改名叫石井岳龍，每一兩年都有新作。精彩與了不起的電影是說不完的，但像《逆噴射家族》帶給我的狂喜，可以說是絕無僅有，永誌難忘。

037

我無帶之錶

有一年從巴黎回台北，前日有架民航機失事，進機艙前，觸眼即是報紙上飛機失事的頭版頭條。就在那次飛行中，知道了「金屬疲勞」。

金屬會疲勞，想著有點嚇人。其實不拘金屬，生活中的各種物品，也會突然破碎。這在古代，往往會引申為凶兆。有次租屋的牆壁，一夜之間整片油漆龜裂，無論房東或我，都只往科學想去：是溫度（房間的氣候變遷？）嗎？是有人動工嗎？往神秘處想，也很可以有故事。還好我有房屋保險，雖然無論科學或神秘，都沒答案，重漆就是。

這個錶帶在我看來，是無緣無故斷掉的。不過，根據鐘錶行的老闆之言，還是我使用不當。他說：「妳戴上或脫下時，使力不對，反覆拗到了。」不過，沒有適合的錶帶了。我買了新錶，舊錶的錶面，老闆還是讓我帶回家，那時錶還會走。

感覺錶還活著，我把它放在一處，讓它「轉換跑道」，作為小鐘。那麼小的鐘不多吧。後來它不走了，也還留著，有個原因。

有年我去馬來西亞亞庇市玩，有幾天訂到有點市郊的旅館——我看路名叫做「比佛利大道」，還以為是很熱鬧的地方，雖是有點敗落的社區，肉骨茶卻很好吃。只是每日往返市郊市中心，要坐二十來分鐘小巴。小巴每天是同一個司機，而這小巴很特別，打理得極其美觀，簡直是個高級包廂兼少女（男）的房間。市內的公車整潔落差非常大，有看來還行的，也有看來像被火燒過的。傅雷給傅聰的家書裡，講neat的意義，我當下就想，這小巴就是傅雷的理想。

小巴司機就是個普通男生，但我竟然在他身上看到好幾個，我的微習慣。那是小到只有我本人才知的動作——我從沒在別人身上看到過。而且，小巴上還有跟我一樣的錶面——一樣是錶帶斷了，但司機用什麼方式強固它，將它黏在後照鏡的邊邊。

雖然我想「平行世界」的解釋並不是這樣，卻也忍不住說：在亞庇的某一處，有另一個「我」在開小巴。在千萬人之中，遇到有人跟妳一樣留著沒有錶帶的錶，這簡直是愛情的機率了。

038

因為鳳梨在

日本朋友偕同母親來台灣玩，住在台北車站附近的旅社。朋友對我說，母親想吃台灣的香蕉。我嚇一跳，小七就有在賣，很難想到當作招待之物。但為了表示誠意起見，我就還是跑到菜市場買了幾根香蕉帶到旅社。那幾天，陪著吃了些我諮詢過觀光客會想吃的東西，比如米糕啦，螃蟹啦，珍奶啦——但最後朋友母親被深深打動的，根據我的觀察，恐怕還是香蕉。

「見慣亦常人」，見水果也是這樣。除了香蕉，鳳梨也是因為太常見而有點被忽視的水果。它還沒遭難前，我其實有點討厭它——並不是因為它有什麼討人厭之處，而是太常看到。一之軒有「鳳梨巧克力酥」，第一次發現，我還嘀咕，是不用腦嗎？甜上加甜，甜瘋了嗎？豈知入口，味道非常別緻，並不死甜或過甜，使我定下心來，思索文學風格混合之利弊與原則。很濃的鳳梨汁有微腥感，經常會搭配蘋果或柳橙汁。厭倦鳳梨的另一個原因，也是因為鳳梨酥滿坑滿谷。若說離台灣較遠的國家，我就還是會送，但若同樣在亞洲，我就會擔心，怕對方也跟我們一樣膩味了。

其實，鳳梨是無辜的。鳳梨酥也是。它本身也希望，每個果實都是獨一無二的存在吧。

鳳梨書袋，我是在嘉義的島呼冊店發現的。台北感覺物產豐隆，但很多好看東西，我經常還是在其他縣市發現。聽冊店主持人說，是商請朋友製作的。當初喜歡，只是覺得設計與配色好看，不是因為鳳梨控。後來因為始終看不到合意的平板護套，我就用它保護平板。

鳳梨危機時，發現我的書袋上，低調、抽象且美型地展示了鳳梨的多種多樣，不免有點得意。

青森因為產蘋果，有許多蘋果美術：蘋果素描、蘋果拼貼——因為童話的緣故，蘋果佔很大的便宜，任何時候都有故事性。但看看我的書袋，鳳梨美術，也許有天會急起直追，也不一定。

039

旅人杏桃乾

偶然發現台灣有在賣杏桃乾，特別買了些來吃。

我第一次吃杏桃乾是在倫敦。青年旅社的早餐，通常很注重均衡，就算沒有水果，至少會有柳橙汁。但倫敦這家好像因為空間不太夠，早餐並非自助式，而是一份一份發。知道水果的位置被杏桃乾取代，我的第一個反應是生氣，覺得被敷衍了。同樣是英國，勃朗特姐妹故居附近的青年旅社，早餐澎湃到自助式的餐點，起碼三十多樣爭艷——明明是來受文學薰陶的，料不到先被美食包圍。所以把哈沃斯的青年旅館也拿出來說，為的是避免大家以為英國無美食。

杏桃乾一開始不討喜，也是因為賣相。而且把它與蜜餞搞混了，覺得它不夠格做正餐的成員。後來看飲食方面的書，很鼓勵大家吃不加添加物的果乾。原來不少營養素，做成果乾更能保存與吸收。我一開始對杏桃乾的敵視，倒反是見識淺了。

早餐也盡可以用澱粉與蛋白質打混過去，附的杏桃乾小小一包，重點不是只在心意，可能也反應了一個地區的食Q。

記得第一次聽到「一日五蔬果」時，真覺得煩惱。近於作弊，我一開始，還把蒜頭炒青菜的蒜頭，也算一蔬果，現在長進很多了，想起過去這樣對自己「偷工減料」的事，真覺得好笑。

日本與台南的旅社早餐，會附納豆。我馬上見賢思齊，雖沒有一早就吃納豆，但會把納豆當晚餐或宵夜。日本早餐還有山藥泥與蘿蔔泥——早餐就有蘿蔔泥，大概算是我未來的理想。

一開始不高興吃的杏桃乾，現在變成一種想念的滋味了。那趟英國之旅，是在我阿嬤過世之前。我原本打算每一兩個月就去倫敦看美術館，因為阿嬤生病，都放棄了。我沒如預期地變成一個對英國熟門熟路的人，但至少拜訪了勃朗特的故居，並在倫敦，初識杏桃乾之味。

SALLE 4
MK2 HAUTFEUICLE
28/09/2001 11:20
MATIN 30 30.00 F
4.57 EU
LE GARCU

040

電影票票根

這是一張電影票的票根。

從上而下，第一行為第四廳，第二行為電影院名，第三行是時間，28/09/2001 11:20。票價是四點五七歐元。大概因為正值法郎轉歐元的過渡期，上面還有法郎作為參考——或者是倒過來，還在用法郎，但讓民眾練習適應歐元。後來法郎在電影票上就消失了。

我曾將朋友寄來的明信片放在窗前，沒多久，明信片後的字跡都消失了。我於是學會不把有墨水的東西放在有陽光的地方。電影票與車票相差無幾，不是鈔票，很少永久留存，墨水大概很普通。如果我再不抄下上面的資訊，它全面褪色，化為純白，看來也是指日可待。比較了一下電影院與電影圖書館的票根，後者比較不褪色。是巧合，或電影圖書館對票根的想法不同，這就不知道了。

德希達說自己有一本小冊子，會記下所看電影的片名，這真是好習慣。我通常依賴日記，但日記沒有單獨成冊來得眉目清晰。我的票根會留下來，最初既不是知識建檔，也非記憶守護，純粹是感情性的——如果所有的票根都留下，數量一定很可觀。我稍微看了看我票根保存的標準，看來非常一貫，並不是凡是好片的票根都會留。只有「改變了我靈魂狀態」的票根，才會出現在剪貼簿中。

電影是二〇〇一年看的，保存了四年半左右，二〇〇五年我始有剪貼在冊的習慣，在這張票根底下寫了一段話，因此才知。我習慣極壞，貼上各物都沒有按時序，記得當時應該是打開哪頁就貼哪頁，怕的只是弄丟——想也沒想，日後是否會困擾——因為剪貼時並不怎麼想日後，想的是當下。

電影是Maurice Pialat（莫里斯．皮亞拉）的《Le Garçu》。這是我最寶貴的一張電影票票根。

我至今還未看到超過這部片成就的電影。許多電影我都愛到無以復加。但要我冷靜並理智地說句話，那麼，大家離皮亞拉的高度都還很遠。非常遠。

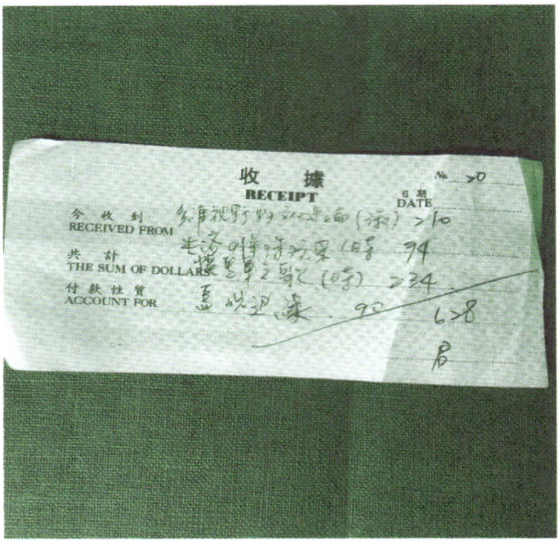
收 據
RECEIPT
No.
日期
DATE
今收到
RECEIVED FROM
共計
THE SUM OF DOLLARS
付款性質
ACCOUNT FOR

041

某書店收據

在挑選「百物」的過程裡，我發現一個奇怪且有趣的現象。那就是某些不起眼與價值不明的東西，會因為時間的因素，逐漸獨特。比如說收據好了，除非要報帳，報帳後，也不會特意留存。所以會留下來，多半有什麼偶然的因素——其實僅僅是倒垃圾時的漏網之魚，有時候，這也不簡單。

這張某書店的收據會留著，多少也是意外。很可能它經過我的眼前不少次，都因為「彷彿有點意思」而沒有立刻揉掉它，有天它就進了我「保存類」的文件夾裡。

字跡已經有點模糊。寫的主要是書名與書價：

多維視野中的文化理論（淑）二一〇

失落的彈珠玩具（時）七四

幌馬車之歌（時）二三四

島嶼邊緣　九〇

其中《文化理論》與《幌馬車之歌》我都還有印象，「淑」字應該是淑馨出版社，「時」是時報。

反而是《失落的彈珠玩具》我不記得自己擁有過——那些年的村上春樹，往往是自己幾本，朋友幾本，借來借去，或是有借無還——這本很可能是讀完很快就借給誰，然後彼此又慢慢沒有了下落，所以就連書本身都在我記憶中淡去——起初辨識困難，我只看懂「玩具」兩字，早年王文興的《玩具屋九講》與西西的《我的玩具》都還沒出版，從「玩具」兩字反推，只可能是大名鼎鼎的《失落的彈珠玩具》了——「失落的彈珠」五個字，我完全不是靠眼力看懂，而是拿記憶中的書名去比對——寫字的人寫得甚草，「失落」不好辨明，還真差點失落了。

收據沒有日期也沒有任何書店資料，年代的話也許不那麼難推，因為雜誌《島嶼邊緣》存在沒有幾年——我總是在那幾年之中購入的。因為這個出版品的壽命並不長，多少使得這張收據透露出「時代的氛圍」。回想起來，參與過這本刊物的各方人馬，未必都有相似的抱負與理念，我自己是否喜歡編輯的方針與成果，多年後或許想法也會更加繁複。不過，「看一下新一期的島邊做什麼專題，有哪些文章」，如同這張書單收據，確實是九零年代，文藝少女摸索世界形狀的一種姿勢。

042

普普風膠帶

紙膠帶蔚為流行好一陣了。

我收到過禮物：是上面有楊佳嫻詩句的紙膠帶。但紙膠帶的黏性不強，似乎作為裝飾的功能比黏貼強。有人會用紙膠帶貼住行事曆上「忍耐的日子」，比如上班或上課的時間，這挺好玩——那些時段是受傷、不美或不牢？紙膠帶蓋住它，是種下了決心的妥協——不好過，也要過下去。

最常見的透明膠帶黏性倒是強的，但我常一不小心，所有指頭給黏在一塊，所以非萬不得已，不碰透明膠帶。喜歡的膠帶有紗布質透氣的與牛皮色膠帶，覺得好用。撕下來時，不怎麼傷表面。還沒制式化的百貨或五金行，膠帶種類可以多達五十多種——且還完全不包括文具型的什麼和紙或趣味膠帶。五金行的膠帶花樣繁多，是基於實用性，有些是電工才懂才會用的。

小學自然科，在老師的要求下，手工做過導電器之類的東西。有個地方老是不牢靠，我用了膠帶去強固。導電器做好卻不太靈光，老師幫忙檢查，指出是膠帶影響了導電。真真想不到！膠帶雖好，也不可狂用也。導電膠帶是膠帶家族特殊膠帶一大類，底下品項也不少。

自從瑪丹娜內衣外穿啟發了建築師皮亞諾的龐畢度中心（這是趣談，真實度尚考），膠帶應該也獲得了某種解放——不起眼不再是它的義務。彩色的手撕紙膠帶組織了一個展覽，膠帶是參與者而非「地下工人」——這等景色，現在我們都已見怪不怪。

二〇〇四，紐約現代藝術館，有個「不張揚的大師作」展，膠帶當然也以其「遜味深遠」入列。

黑黃相間的膠帶，我暱稱它「普普風膠帶」，是我的最愛。用來修補地板或牆壁，簡單享受美式吧台風。它原是膠帶群中，特別肩負醒目功能的種類。

即便舊了，看起來也不討人厭——我看了一下地板上褪色最厲害的一塊，開玩笑道：普普風之後，接下來是廢墟風。

043

粉紅笑臉心

第一次去英國旅行，先去找當時在倫敦的同學C。隔幾日就要北上到哈沃斯，一方面覺得要把握時間逛倫敦，另方面也覺得應該花點時間陪C——交情很好的朋友。現在想起倫敦印象非常模糊，就是國家藝廊的風格，還算鮮明。

與C同行的晚上，印象就更模糊了。我後來常覺得不能輕易與他人一同旅行，因為旅行會有些強迫性的親近，我對這種事容易神經緊張，往往又比一般時候講究保持距離。後來我跟C一起在德國旅行，一路上我都在訂規矩，比如在火車站，沒有坐定位之前，不要聊天，因為聊天，走了錯誤的車道，差點上不了車——後來想起來，我總顯得兢兢業業，恐怕還是因為我不是歐洲人，雖然大致適應了法國，但出了法國，還是處處覺得文化差異。義大利人最看不慣我，站務員對我說：「小姐，妳緊張什麼呢？火車會等妳的。」我抓不住話的真假，更難放鬆了。

因為我想去的地方，我會用自己的時間去，兩人一道時，我就問他有沒有特別想去哪？結果我們就去了我完全沒法領會的「無特色景點」——好像羅卓瑤的電影《秋月》裡面，香港女孩介紹日本男人，對她最有意義的地點是麥當勞。那一幕一直是《秋月》最感動我的一幕：是對地點的記憶，而非地點的標籤，對人最為重要。C喜歡倫敦的遊戲場。

遊戲我也都認真玩了——不知道是得了什麼分，還可以選獎品。兩人一起選了很久，但也很快達成共識。這個有著眨眼微笑表情的粉紅大心鑰匙圈，我一直留著——它是一個標記：如果是我自己一人，絕不可能出現在我生命中的東西。匈牙利名著《門》，裡面有段因為跳蚤市場雕像引發大風暴的段落，就會讓我想起這個鑰匙圈。生命中還是要有一些看似平凡卻不平凡的東西，才算完整。

044

發亮的內褲

一直覺得在《感情百物》裡，內褲應佔有一席之地。但要我拿出自己的內褲嘛，一來有違我的本性，二來也選不出太有代表性的——這事放在心裡一陣子，有天為了研究，看一個採訪藝術家的錄影，voilà，終於有條內褲值得大寫特寫了。

不記得是哪一篇村上春樹的小說，男主角對女人說，他今天不適宜上床，因為他今天穿的內褲不太乾淨。這一節我始終無法明白：內褲竟可以有天穿乾淨？有天穿不乾淨？我真的很懷疑，女生如果聽到男生這樣說，有幾人會等到男人穿了乾淨內褲後，就願意跟他上床？不乾淨的內褲還穿它？這不就像拿不乾淨的毛巾擦臉嗎？總之，如果有人從村上的小說裡學戀愛，這一段請三思。

在《家族盒子》裡，陳順築說自己「我的內衣褲穿三四次就丟掉」——是少見把「內褲」放進自我介紹或說精神履歷中的例子——一般我們不會得知其他人與其內褲的關係。陳順築後來在母親過世後，發現母親會囤積內衣褲，他於是比較了愛買外衣與內衣兩種人傾向的不同，認為後者在乎取悅自己，比較不在意他人的觀點。

我的做法沒有那麼極端，但從自己開始打理生活起，我確實曾有一段時間養成對「萬一沒有乾淨內褲可穿」的積極預防手段。就是除了日常穿的內褲之外，會將「萬一的內褲」另存一處，如此即使碰上連日陰雨衣服曬不乾之類，也絕不會讓自己陷入「沒有乾淨內褲之境地」——我認為，這是僅次於高度近視碰上眼鏡破碎的災難。

「這是我們最複雜的地方。」皮皮羅悌．瑞斯特（Pipilotti Rist）這樣介紹她的作品。她是我讀錄影藝術時，就為之傾倒的藝術家——但那時還沒看到她把女性內褲高掛空中放光芒，也不知道她本人那麼可愛。美妙的女性中心詩意之所在：感謝內褲，並不只是珍愛性徵與性器，也感謝它照護我們多才多藝的表現語言。

圖44 «Pipilotti Rist Interview: A Visit to the Studio» Louisiana Channel, Louisiana Museum of Modern Art, 2019.

045

CD歌詞本

黃淑嫻的小說集《中環人》中有一段，寫敘述者路易莎初次見到ＣＤ，我每回讀每回都會笑。路易莎的朋友「從木櫃中拿出一片薄薄的、圓圓的，直徑大概五吋長的小金屬片」，路易莎問她這是什麼，「『這是ＣＤ！它比黑膠唱片好得多了，它不會容易弄花。你看！』話還未畢，她把所謂的ＣＤ用力擲到地上來證明自己的說話。」

黑膠唱片我小時候應該見過，但印象不深。對我來說，ＣＤ銜接的是錄音帶。那時真覺得是新奇的外星玩意。不過，基於對新科技的敬畏，我從來沒把它往地上擲過。ＣＤ彷彿過往雲煙了，ＣＤ所附的歌詞本意義更加消失——再奇怪的歌詞都有多語互譯的歌詞網站可查，我從法國回來前，首先就把一本本歌詞本扔掉好減輕重量。

這個歌詞本卻留下來了。

我很早就是湯瑪斯・菲森（Thomas Fersen）的歌迷，但這個專輯卻不是因為他買的。這個故事我以前斷續說過，但我還想再說一次。Rue de Mouffetard在我學校後面，午間休息，我會在那逛逛，有天經過CD店前面，聽到一個聲音，我立刻衝了進去問是誰的，因為那聲音，對我來說，代表著「如果世上有這種聲音，我就願意活著」。

傍晚回家後，新聞也出現了同一段歌聲，我想，真巧，一天聽到兩次喜歡的歌聲，接著看報導，原來歌者根本是那段日子最大新聞的主角，瑪莉・塔亭尼翁（Marie Trintignant）。她是活活被打死的。打她的人來頭也很大，當時她的情人是法國天團《黑色慾望》（*Noir Désir*）的主唱。

我連塔亭尼翁媽媽後來出的書都買來看。雖然她是著名編劇（瑪莉爸爸是著名演員），一家算是演藝世家，書我只記得一事，就是瑪莉從頭到尾都對親人隱瞞身為同居（家暴）受害者的事。「可以救我命的聲音的命運」卻被暴力打斷了，讓我不得不感到百感交集的心痛。

那是種「什麼都真的看開了」的聲音。無可替代的與世無爭。她與菲森對唱應也是玩票性質，第一段她的唱詞是這樣：

這是一個傳統夜，
狗在吠，貓頭鷹咕咕叫，
囚犯在他牢房中，
夢想可以挖地道。

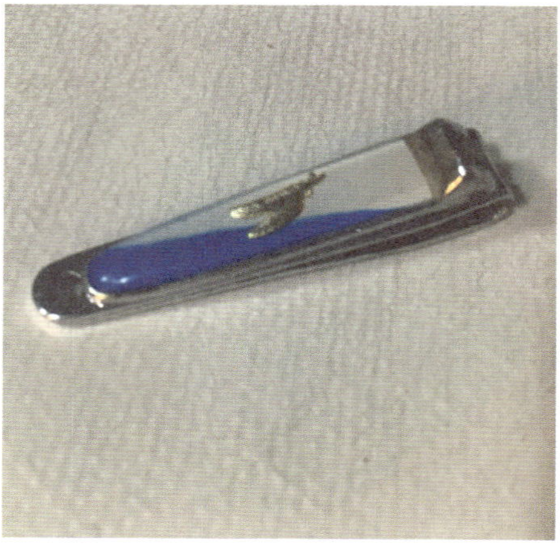

046

小小指甲剪

前陣子整理東西，看到這個小小指甲剪，本來悶悶的心情，突然撥雲見日。仍然拿來剪指甲，一點問題也沒有。這個指甲剪是去法國臨行前買的，因為預估會有許多移動——省空間省力氣的顧慮，什麼東西都以輕巧為準，連指甲剪都帶了特迷你的。

我是一個非常會掉東西的人，小學一年級時，上學時鉛筆盒裡的鉛筆是滿的，回到家不知為何就一支不剩。也不是遇到霸凌，可能有人跟我借了筆沒還，我也糊塗沒要回。因為這個緣故，我有許多預防掉東西的自我設計，比如除非萬不得已，絕不帶一個以上的袋子，任何東西都謹守「全部放入袋中」的原則。如果遇到一定會不斷拿出拿進（如機場時的護照），我也會因應這種狀況，預先想好「防掉劇本」。

去法國時，有點像「第一次出遠門」。現在我旅行通常不超過一星期，也沒帶指甲剪的習慣，但我發現帶指甲剪旅行好多了。指甲很奇怪，旅行時候長得特別快，有時出發前剪過，到旅館就有小白月牙了。

那次也是在旅館的第一晚，就把指甲剪拿出來剪指甲，等到要收指甲剪時，突然找不到。我覺得很喪氣，落地就掉個指甲剪，那等我安頓好，我的頭大概都不在了吧。找了好一陣子，才發現原來順手放口袋了。

小時候養過很多年的白文鳥，牠們年老時，指甲變得非常長。我一直迷惑，是否該為牠們剪指甲？也不知道牠們是否死於指甲太長？——剛剛查了一下，說鳥本身並不會喜歡剪指甲，但可以買磨砂紙讓牠們磨。一直到現在，剪指甲時我還是會想到文鳥，仍然感覺到我幼時的不安與無助。很可能是這樣，對我來說，死亡與長指甲幾乎是不可分的意象。這或許也解釋了我的指甲剪情結吧。

047

太宰餅乾盒

太宰迷當然一眼就認得出，這是太宰的「衍生紀念品」。路癡如我，竟然能從青森轉乘好幾次不同火車，拜訪他在津輕的故居，現在想來真是不可思議。

那年剛好是太宰誕生一百一十紀念，一百一十的零字還做成了打開的書本狀——我沒特別因為一百一十年而去，是巧合。青森太值得去了，除了睡魔祭，還有就是可以「看太宰」。

落腳在青森時，偶然進了一間超級古色古香的咖啡館叫克莉奧佩托。那是去過後就會念念不忘的氣場咖啡館。裡面有研究青森的厚厚專作，雖然看不懂日文，但看漢字也知，提到太宰的段落，都是用最高級的讚賞在談太宰的《津輕》這本書，因為我也甚愛此書，所以興奮得不得了。我也要大大推薦青森的歷史博物館，如果在那裡，對青森的歷史有些了解，《津輕》帶來的震動會更大。

到達太宰故居時中午過了一些，非常餓。一邊吃麵，一邊看到麵碗底浮出太宰的句子，高興得不得了。太宰的「文創品」非常多，包括有寫著「跑吧，美那斯」的運動衫——可是美那斯是跑得快斷氣耶，穿著這衣跑步，固然可受勇氣鼓舞，可是也太慘了點。我欣賞了好久，認為不會派上用場，沒有買。想來想去，可以有那麼多的太宰治的「附隨組織」，歸根究柢，源頭還是他的文學，所以我買了他的幾個文庫本，作為紀念。

在所有品項中，我覺得最優的還是寫著津輕兩字的這個餅乾盒。不過，餅乾盒並不是在那裡才得到的，而是我還沒去青森之前，知道我深愛太宰的朋友，特地買來送我的。裡面還有餅乾的時候，很捨不得吃，每回吃的時候，還會對餅乾盒祭拜一番——好像有個日本小孩，會對鬼滅之刃的海報祭拜一般。

擁有書最根本，但對某些作者的感情，仍會超過書——這種時候，需要餅乾盒的存在。

048

沖繩髮圈束

電視影集《慾望城市》裡有一集，內容說到，紐約的女人不會有髮圈——很好笑的細節，但也很有意思。不知道，這是不是大家一聽就懂的東西，可是對懂的人來說，應該會是很複雜的會心吧。

這裡說的髮圈不是所有綁頭髮的橡皮筋，指的是外層包有一層布的髮圈束。我當時在法國，所以記得法文的說法是le chouchou，英文則是Scrunchie。無論英法，這都有發明人與專利權——雖然只是在橡皮筋外加一層布，但對長髮的人來說，髮圈和髮圈束，使用上的感覺差異並不小。

橡皮筋的問題有兩個，一是不綁緊不行，然後除非是好設計，拿下來時都會扯頭髮。布髮圈的鬆緊就比較彈性，也不會帶髮絲下來。我在髮圈束不在身邊時，突然很熱，我也用過手帕甚至餐巾紙就可以把頭髮束起來——如果運動當然不行，但只是坐著，想把頭髮攏起來，有很多方法。

因為容許把頭髮鬆鬆地固定，束髮圈舒適的性質，使它帶有家居風──對於青少女的差別不那麼大，因為少女一般都美麗，即使布料的花樣可笑，仍然不傷青春。

對於成年女人來說，束髮圈是形象問題，因為它有點不正式。紐約女人的意思大概是，要顯得幹練，且不能沒品味。某些束髮圈還會以「束髮圈的愛馬仕」為號召，表示束髮圈是束髮圈，但有分別──也是某些束髮圈的品質太糟，不是容易破，就是花樣糟──天鵝絨的比較耐也正式，可容易沾灰，有陣子我入手了一套兼作手環的彈性布束髮圈，有褐色與奶茶色等色系──終於與束髮圈相安無事許久。束髮圈掉了，那心痛啊。明明再買就有，可能因為朝夕相處，還是有種眷戀。

束髮圈似乎不能不是消耗品，可總抱有「從一如終」的希望。去年我有個冰藍色的，時間久了，冰也化成水——還是深色可靠。

在沖繩買了這個束髮圈，因為它美——不打算用，因為用了就難保它「顏色改」——這實在矛盾。我對自己說，僅止這一個吧，它使我可以保持愛，且免去折損的失落。

049

留級皮卡丘

皮卡丘的特點是，除了會說自己的名字皮卡丘，其他詞彙一概沒有。這是連西班牙警察都知道的事。疫情時候，警察到社區廣播要大家留在家裡，對小朋友說了一段皮卡丘的留言，全部都是以「皮卡，皮皮皮，皮卡丘」組成，警察表示不知道皮卡丘說的是什麼，但相信小朋友都能懂。不言不語乃是皮卡丘的標誌。

不過，這個麥當勞的兒童餐贈品，皮卡丘是會發出聲音的。一按鈕，他就會發出「Me~ka~gigigi」的聲音——因為他的表情像憤怒，所以我推斷他說的是「我生氣了！」

已經來不及求證這是不是有日文生氣之意，因為小石來玩時，總是不斷地按鈕。有一天，終於沒有聲音。也許是電池用盡。

小石有陣子非常熱衷蓋冰店，而且要求蓋兩層，還要有電梯。我也很會裝模做樣，就說我們蓋建築物要考慮使用者體驗，要皮卡丘與其他玩偶來當使用者體驗的參考。

話說得好聽，不知用什麼東西蓋起來的冰店，其他小隻的玩偶走進去都沒問題，只有皮卡丘用正面走，進不去電梯，這時我敷衍了，道：「皮卡丘進不去，讓他側著走好了。」——真不明白，如此還大費周章地要使用者體驗做什麼。小石沒多想，馬上正色反應：「皮卡丘走路都不用看路啊？」我整個笑倒，把電梯拆了重蓋。

因爲覺得有資安的疑慮，我不抓寶。皮卡丘並不是名字而是種類，因此應該會有無數的皮卡丘。不過，通常我們在說皮卡丘時，說的是「小智的皮卡丘」，而這個皮卡丘最耐人尋味的一件事就是，他不喜歡被進化！

不想變得更強大、更厲害，可以嗎？

我們受到的薰陶，升級似乎總是很要緊，不升就留級了。有個文學家似乎與皮卡丘有著一樣溫和的倔強，她學法語時，老想留在初級，聲稱多讀幾次初級班沒什麼不好，也真的把同一級讀了兩次以上。能有這種哲學，法語也許不見得學得好，但我想，對靈魂，反倒可能是好的。是誰？是西西。想想不少藝術家都有留級癖。沒有點逆成長的勇氣，做什麼藝術呢？是吧？

050

止痛劑貓咪

小貓造型的吊飾，我有許多個。其中有面容做得較精緻的，也有比較樸拙的，因為通常是朋友的心意，無論貓咪長得如何，我一律非常喜歡，也不會把牠們搞混。看到這個吊飾時，我剛開始有點記憶模糊，一時想不起來它怎麼來的，沉吟一陣，再想起來，心裡感到一陣衝擊。

它是我自己買的。時間久了，亮白的顏色有點灰，原來就連公仔也會有滿面風塵的一天。

在所有貓咪吊飾裡，它的纖細感偏重。在巴黎，這種東西屬罕見。每個社會細膩化的方向都不同，以法國來說，我覺得只有語言或概念性是特別精緻的——不過，這也只是與我了解的幾種語言相比。至於器物，概括來說，沒那麼微妙。這個吊飾，我就不是在一般法國商店裡看到的，應該是在出售日本漫畫的店裡。對於我在法國的正經事，透過法文學習，我沒有任何抱怨，其中的寶藏無窮無盡。不過，當我想要換換氣氛，那時的其中一個選擇，就是翻翻法文的日本漫畫。

我會買下它的原因很簡單，當時我覺得「人生太苦了」。這種感覺很主觀，雖然我不一定那麼瘋狂地認為要「吃得苦中苦」，可是我一向很能忍耐苦痛，因為我往往不是以感覺，而是以意志判斷，該吃苦與否。然而就算如此，當我看到這個吊飾時，我還是崩潰了。抽象的想法不足以安慰我——哲學並不夠，我需要什麼感官的物質，讓我感覺溫柔與安心。

它完全多餘，沒有任何手機或人類需要吊飾。裝飾，本質就是可有，可無。可有可無，一旦選擇「有」，其實就是奢華。我思考過，以各種奢華保護自己的利與弊，我傾向於嚴格檢視它的必要性，因為這不會沒有功率遞減的危險。

但總之，強迫自己用功的時候，我的左手用力握著它。當我想放棄時，我就看幾分鐘這兩隻貓，然後重新開始。這就是我度過人生難捱時光的方法——它有效，而它也見證了，我是如此寂寞過。

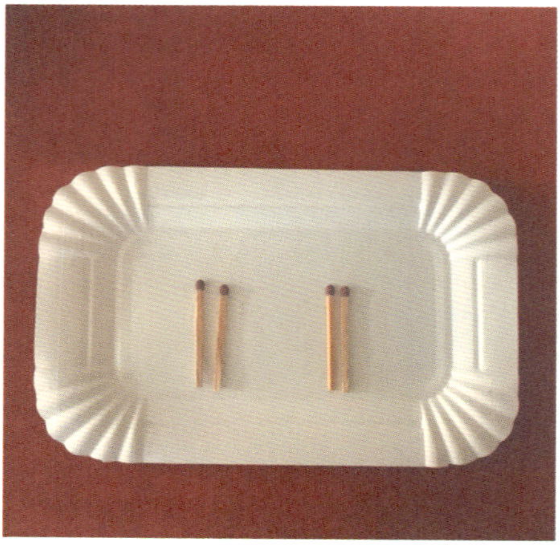

051

火柴的奇蹟

這根火柴的火柴盒，我不再擁有，因為送給了朋友。但送火柴盒之前，我留下幾根火柴。

推理小說裡，火柴盒常常是某種證物——因為不同場所，會有專門的火柴盒。火柴盒可以說是某種早年的小小廣告裝置。

我旅行到日本十和田市時，在名為「一葉」的小酒館裡，還有看到火柴盒，我把我記得樋口一葉的所有作品都寫在點菜單上，老闆看了很高興，拿去給其他客人看，大家一直乾杯。

在巴黎我見過火柴盒也就一次。

抽菸的人都會忘記打火機，影響不大，因為互借打火機很容易。有次我坐在一個並不禁菸的長椅上，發現忘了打火機，遠遠走來一個人，他抽著菸，我於是知道可以跟他借火。他不拿出來還好，拿出來的火柴盒，不知為何完全征服了我，因為有著特別的藍綠色，還有很可愛的小白兔。但最奇怪的事發生了，我的心底開始狂喊：我想要火柴盒！我好想要這個火柴盒！——可我當然沒出聲，我是文明人，知道不該覬覦他人的物品，即使只是一個漂亮的火柴盒。

幾分鐘過去後，我一轉頭發現，就在我旁邊的長椅上，整齊地放著一包菸與那個火柴盒，我嚇壞的程度，大概不下於，看到耶穌在水上行走的信徒。

我等了三十分鐘，確定不是那人放著，還打算再回來拿。——我的第一個想法就是，那人是天使，而我碰到了奇蹟。

如果是天使，聽到我心聲，又滿足我願望，就一點都不奇怪。如果有神，神在什麼地方都可能出現，即使像在抽菸這樣墮落的行為中。

超自然氣氛，其實是我自己開始的。那麼瘋狂地想要一個火柴盒，根本很怪。

更漂亮的東西，我也見過，可沒有一刻，像那瞬間，感覺到慾望的狂潮——童話或文學都處理過這樣的主題：「不成比例的慾望」或「不符效益的許願」。當然那人並非天使的版本，我也編了十來個。不過，當「啊，那人可能是天使」這想法閃過時，確實帶有「生命瞬間的強度」。

就如劃開一根火柴。

是你眼中世界風貌的框架
這風貌只屬於你
獨一無二
TAKE ME BACK TO
BASIC
HOTEL
Wholly owned by Hotel Bandaran Sdn Bhd (1125858-D)

052

回去的旅社

我有幾個不太可能實現的夢想，一個是終其一生都活在一列火車中，另一個是永遠住在旅社。第一次住旅社是在高雄，當知道原來我們不能一直待在旅社裡時，我和弟弟都悲傷得哭了——這當然是非常小孩的反應，但也可見「住在旅社」的體驗，多麼強烈。

那間旅社並沒有非常特殊——我一直喜歡旅社勝於民宿，原因在於前者比較沒有個性——或者說，個性隱藏。我總是覺得面無表情是品格，太多感情流露，很難不給人壓力，生在古代，我應該會投入古墓派。

所以，我也考慮過寫一本關於旅社的書——與文學無關，而是純粹的，為旅社而旅社的書——也不像《旅館：開啟現代人自覺與思辨，全球資本主義革命的實踐場域》那麼博學與面面俱到，而是比較個人的。然而，因為疫情，嘗試先中斷了。高級的旅社，我童年時住過不少，並不深愛，覺得其中還是有些無意義的浪費，但我也沒有因此反彈到流連低級風情的那端。安全、清潔與便利，仍最基本。接近我理想的旅社，大概是像青森的顏色或京都的哇沙米。在丹麥的胡斯，我住過以前是水手休憩處改建的旅社，感覺像住進前世。

並不是經常會留下旅社的名片——找得到的，也只有這一張。

旅館在柏林，我看了這張名片好些年，都只注意到BASIC這個字，拿這張名片只是基於實用目的，因為非常滿意，覺得也許以後還派得上用場。重新拿出來看的時候，看出了別的意思。

原來名片還寫著「帶我回去BASIC旅館」——我初初想：不錯的廣告，簡潔有力有重點，一間旅社求什麼呢？不過就是旅客願再刷。回味一下，又看出另一個作用，這是為外地人防走失的設計吧！如果住客語言不通又路癡，拿出這張名片，要協助他就容易多了。

住這旅社時，並沒有提出過任何特別的要求，不過，這張名片上所棲息的體貼，也許就是一間旅社的空氣吧。

The Building was constructed in 1934, and has been described
as a "Cathedral" we are proud of the glass mosaic mural
because it is both magnificent and priceless. The LION Beer-
Hall can be called the mecca of Beer-Halls
LION Beer Hall

053

銀座大教堂

這張明信片的視覺並不怎麼樣，我到過現場，想得出至少十個以上凸顯場所感的方式——我不覺得有很多人會光是因為看了這張明信片，就對這個地方感興趣，但我相信，真的去過，對明信片的感覺一定會不同。

「銀座大教堂」，並不是教堂，而是啤酒屋。去銀座時，我先看了有夠專門的《東京建築散步》。

這本書簡直把我整慘了，因為他講述值得看的建築分散在各處，我雖然沒打算全看到，但為了找到我感興趣的建築，全力與我的路癡力搏鬥。這間啤酒屋就在大路上，我走過頭又走回來——外觀並沒有很出奇，但因為看過書提及，我就想，瞄一眼內部再說——我又不能喝啤酒，對啤酒屋完全沒有感情可言。

可我只藉故瞄了一眼，就決定，即使未來三天不吃飯，也非得進去不可。

新井一二三的《偽東京》描述過這間啤酒屋的啤酒好在哪裡，但對我不重要——進去點了東西，並沒有餘力感受——光是那個建築，就讓我整個暈了飽了。介紹這個地方的文章，常會說此處天花板如何，地板如何，不是沒有道理，可是最厲害的是它的整體——當時的筆記寫「上方窗開，下方無窗，這確實是一些教堂才會有的設計」——從明信片來看，桌椅彷彿我們的辦桌，非常緊密，但真的坐在那裡，實際感覺卻是遼闊又有隱私，應該是空間與光線的關係。

人類竟然造得出這樣的建築，我一整個泫然欲泣。「謹慎而精確的粗獷」——我在那裡想的，都是關於如何迎向衝突，然後翻轉其上的問題。

要對人類有興趣，我覺得這是銀座獅子啤酒屋說的話。我非常珍愛這張啤酒屋自製的明信片，雖然它不足以轉譯這個古老建築的氣氛，但是，在拿取明信片的動作中，真正發生的事是，我願意與它產生關係——願意與某產生關係並不容易，這會決定我們是否能有足夠的意願留在世上。

054

能多益之罐

Nutella，就是「能多益」，在歐洲很常見。路邊賣可麗餅的店，通常都會有這個選項。但我自己從來沒買過。它的發音近似「ㄋㄩ」加上台語的「拿啦」「theh啦」，因為形象太鮮明，三個音節就甜亮甜亮。翻成「能多益」有點令人沮喪，因為讓人聯想到「多益測驗」，難不成是為向父母交心，暗示買這個給小孩吃，對考試有助益？這是臆測之語。Nut的字根是「榛果」。

內容物對健康與環境是否是好事？有興趣的人都找得到資料，可以自行判斷。前陣子突然好奇，買了一罐，覺得有趣的是它的罐子。瓶蓋圓，所以一向以為它整個是圓身，可從架上拿到手，小小吃驚，瓶身竟然扁扁的，怎麼說呢？就是令人想到電影裡，嗜酒之人從口袋裡掏出來的隨身酒瓶。

我因為不能喝酒，對酒的其他周邊，就有一種奇怪的憧憬，我會用啤酒杯泡咖啡，也曾希望擁有一個「隨身酒瓶」——不過，我只想拿它來裝水。扁平狀的東西好收，帶水瓶的需要，有時會因為它的圓柱型，造成困擾——有次我不得不為了水瓶，而改用其他包包。如果水壺像平板，那可就愜意了。能多益之罐拿在手裡時，有種奇妙的感覺，瓶蓋帶來圓形的錯覺，所以即使握的瓶身不圓，感覺還是圓——但又加進了方窄的握感。局部即可製造錯覺的道理，與很多的藝術手法相通。

許多容器都是圓弧狀，食物或飲料要放進嘴裡，不應有銳角之想。有次我接受某即溶咖啡調查，是否應將其方型罐改為圓罐，我情急地告白：就因為咖啡豆是圓形物，方形罐才能對照出圓形，圓形裝在圓形裡，是同義反覆或贅述，沒有作用。

但我的意見沒被採用，使我後來不太認真地生了氣。

能多益之罐的「圓亦非圓」設計，使它有種強烈的手感，會覺得它特別不容易滑落。我很好奇，這在它的流行上，是否扮演了某種角色。

我沒有查到設計的故事，只知道，它似乎還有專利。

咖啡
ka-pi
coffee
礤冰
tshuah-ping
shaved ice
樹
tshiū
tree
尾指
bué-tsáinn

055

台語撲克牌

關於撲克牌的回憶，可說無窮無盡。小時候和阿嬤玩揀紅點，和弟弟玩排七，大一點後，玩橋牌——我實在是很喜歡玩橋牌，因為我玩得不錯。阿嘉莎．克莉斯蒂的推理小說裡，連從橋牌的記分表中，都可以研究嫌疑犯——她本人應該也很喜歡玩牌吧。我有張照片，面容略憔悴，但手裡還拿著牌，記得是高燒多日，燒開始退了，就開始跟阿嬤和弟弟玩牌。

五十幾張紙牌就可以變化出那麼多遊戲，撲克牌對人類的歡樂時光，真是貢獻不小，更別說還可以用它來變魔術。

法文有一個字叫「ludique」，意思比「好玩」豐富，表示「遊戲遊樂般地」，光是看到這個字，就讓我非常愉快。如果有什麼小說或作品，被用「ludique」形容，我都會特別注意。

桌遊裡面，「妙語說書人」的牌都非常有趣。塔羅牌我雖不懂得排，但也喜歡它的美術。應該是看好撲克牌親切的形象，文學經典人物或地方特色，也會被做成帶有紀念品性質的撲克牌——不過，古典撲克牌的遊戲性質，是紀念品撲克牌，遠遠難及的。

我訂購了這個「教我講台語」的三語撲克牌。它的原型其實是「單字卡」，一面有圖案，另一面會有中文、台羅拼音語與英語。我把牌看過一輪，很驚訝的是，這樣看過一遍，會覺得台語讀寫根本沒有那麼難。這就是ludique的力量吧。我當然沒有天真到，覺得能僅僅靠一副撲克牌，就讓台語突飛猛進。不過，以我花過許多時間學外語的經驗，我非常知道，學語言，不是用力就會成。如何跟語言保持輕鬆、自在的關係，是更根本的。

我把「ka-pi」（咖啡）這個牌放到最上面，因為這是我很喜歡的詞——已經有種衝動，覺得下次我應該夠格買更進階，寫著「我愛喝咖啡」的台語字卡了。

NOTE BOOK
Most advanced quality
Gives best writing features
言靈
小冊

056

言靈的小冊

一件很容易被誤會的事：像我這樣的人，應該非常反對勵志。我從沒機會把這事說清楚，也許藉著這個小冊子的存在，可以澄清。

有年金馬影展，我看了部兒童電影，叫做《與天比高》，出來時，碰到學姐，她對我說：不太有意思喔？勵志電影。我反駁了幾句，不好意思說，開場沒有幾分鐘，因為小女孩在掉落的樹葉中，看出得勝的金牌，就讓我掉下淚來。當我六七歲時，我已有嚴重沮喪到早上起不來的毛病，我用鉛筆在我床邊的牆上，寫了：「起來！妳這個笨蛋！起來！」——嗯，還真不高雅，但那已經是「勵志的原始型態」。那麼小的小孩，就懂得用字句自救，我覺得這個存在過的事實，很值得思索。而身為小孩與大人的區別在於，我現在盡量不會叫自己「笨蛋」。

我第一次受到勵志書的幫助，是在一本卡內基之類的書中，讀到壓力列表，上面寫道，如果一個人犯法而要入監服刑，應該在壓力的頂端，而我學會減輕焦慮的方法就是問自己：妳殺人了嗎？沒。那就停止焦慮。那時我才上小學。

我認為閱讀勵志的書是最困難的，因為正確的閱讀方式是，面對錯誤，並付諸行動。最好的勵志書，恐怕還是文學，比如宮澤賢治的詩與童話——我還有另一個心得，就是勵志書要有作用，還必須性情投合。有一本外文的勵志書，在台灣經過不同翻譯，我發現有一翻譯版本，令我覺得索然無味，而我抄錄在「言靈小冊」中，讓我覺得稱得上「言靈」的，純粹是因為語氣的韻味，而有「靈力」。這讓我知道，要產生作用，道理是不夠的，「必須還要有音樂」。

小冊裡，有典型的勵志，如聖嚴法師說：「有智慧的人一定會照顧自己」。有不典型來自《論鋼琴表演藝術》的「放鬆是達致信心的重要手段」。我也抄了不少聖十字若望的句子。而我最喜歡的句子，應該是來自猶太文化的一個陳述：「配得上我們的苦難」。

057

感情的摺紙

我今年去安太歲了——不過不是安我自己。最初是有想也安一下自己，就是安兩人。不過，安太歲是要花錢的，對自己部分，想想還是「天助自助者」就好，最後只安了一人分。

安太歲之後得到這個東西，不知如何稱呼，但想應該是一種神聖的東西，所以我還是收好。

我是連廟都很少進去，所以辦理整個流程時，深深感覺到，「隔行如隔山」——稍早我是想去龍山寺，不過，沒來得及特別跑一趟，旅行新竹時，感覺城隍廟氣勢不錯，剛好也還有點時間，就把這事辦了。並不能說不誠心，可安太歲的實際道理，我懂得不多——我有個好朋友的祖輩就做過道士，好像還有點專門，可是平素不太可能聊天聊到上上代的事，只有一次，我們討論到某個專門的詞，她說，我以為妳國文很好，應該知道意思，我說，什麼啦，這種信仰的東西，沒有研究，怎麼可能知道。

我是在一個對宗教痛恨的無神論環境中長大的。很小的時候，就叫我讀羅素。如果偶然說到與宗教有關的事，大人都會有種快要吐了的表情。夜裡在山中，我也會怕，可我即使會想到鬼怪之事，還是因為「沒這文化」，沒有根深柢固的恐懼——我也不怕殭屍或吸血鬼，拿這嚇我的時候，我通常會笑出來。我對各種宗教都有些興趣，不過，也因為「沒有底子」，所以總有點遙望。

我阿嬤過世後，我很偶然知道，她每逢該給我安太歲，她都會去安。我大吃一驚，因為我連安太歲是什麼都不知道。記得阿嬤曾因為要還願，所以不吃牛肉。我聽她說時，感覺她非常認真動感情——可我年紀小，也沒有追問。她自己沒有告訴過我安太歲的事，很可能是因為知道我完全不懂。

後來，我就想，我總要去安一次太歲。儘管不見得就能了解阿嬤的世界，但總是一種心意。

把圖傳給朋友，得到了回音，這個複雜的摺紙就叫做「平安符」。

058

她的假兩件

有些關於李維菁的事，我不太說。因為說起來，像小女孩子歪歪扭扭的心思。

我「發現」李維菁是很早很早的事。副刊上有篇小小的文，寫的是搽指甲油的事，內容現在記不清了，可是很有情調。那時就跟朋友說，嘿，要注意這個女生。那時應該無論我自己或李維菁，都還沒有出過書，是那種感覺前面還有大把歲月的年紀。

有一次，朋友轉的文，剛好被我看到，大意是李維菁對「假兩件」不以為然，態度極其認真。我非常懶惰，不管這有多麼重要的道理，我還是會假兩件下去。不過，因為我還挺喜歡李維菁的，所以在心底咕嚕了一下，記住了。

後來，真的因為工作的原因，會在正式場合中碰到。每次我都神經兮兮，想，因為明天有李維菁，所以我不穿假兩件——我對有好感的人，會有無意義寵溺的傾向。真的見到面，因為她是非常大方來說話，我反而有點放不開。想著無論是說，喂，我看過妳「小時候」寫的搽指甲油的那篇散文，或說，都是因為妳，我今天放棄假兩件——不管哪一樁，都太交淺言深了。

最後一次看到她，「妳是不是生病了？」這句話幾乎衝到我口邊又被我吞回去。說是生病，她又顯得異常地精神奕奕與漂亮，這話我就咬住了。沒過很久，就傳來她過世的消息。

想到她，除了奇異與大膽，我也覺得有點慘傷，可那慘傷中又有著明亮大氣，像是絕對傷不到。——這有可能嗎？可終歸都是這樣吧，沒有誰是不會被傷的，但也沒有誰就等於了傷——所以，去問她究竟是不是被傷到了，並沒有太大意義。誰都是在這兩者之間。

願意讓某人干擾我的穿衣選擇，在我，這是絕無僅有的。雖然，這簡直沒什麼意義的「讓步」，從未說給她聽，我還是很高興，曾這麼「讓」過——

即使我現在偶爾穿著假兩件，我都還是會感覺到她明亮眼睛裡，彷彿笑笑的神氣。

059

自行車星星

單車、鐵馬、腳踏車或自行車——無論它的名稱是什麼，對於喜歡它的人來說，它都會喚起愉快的形象與感受。我不但喜歡自行車，對騎著自行車的人，也特別有好感。回想起來，我有幾個好朋友，在最初，我就是因為看到他們騎著單車的樣子，才跟他們攀談，進而成為朋友。

我剛學會騎車，史匹柏的電影《ＥＴ》就上映了。片中一群小孩騎腳踏車飛天的情景，讓騎腳踏車染上了兒童力的浪漫色彩。那時，最驕傲的不是騎腳踏車，還是可以有一群小孩，前前後後，騎成車隊——就在家前後的巷子裡。

高中時，我最要好的其中一個死黨，天天都騎腳踏車上下學。我也騎了好一陣——天天把腳踏車從三樓扛上扛下，也不為苦——那時捷運未開通，台北市在交通黑暗期，但是騎著腳踏車，就不受等公車或塞車之苦。更後來，我也還常騎腳踏車，從台北南區騎去國家音樂廳或戲劇廳看表演，是我二十出頭時的回憶。剛到法國時，在青年旅社，還看到過一個日本男生，無論法語或英語，都說不太來，可是打算騎單車環遊法國——不知道是不是因為大家覺得騎單車很可愛，所以都幫著他。

我有很多年沒騎單車了，最後一次騎，用的是類似國外的UBIKE，讓我趕上了Patti Smith的演唱會——趕時間的時候，腳踏車還是很可以派上用場的。

有次拍片，關鍵場景時，沒顧好封鎖，一輛腳踏車從斜坡上滑過背景——簡直比什麼都美——雖然完全是意外，但當然把它剪了進去。

自行車，是地表上的流星。騎自行車的人，騎的是一顆星。

碰到還在練習的小孩也是有趣的，有次有個小孩大老遠猛喊：「小姐！小姐！」我狐疑地想，只是會騎腳踏車就那麼威風要人讓道？稍一凝神就知：他還不會轉彎！我當然笑著讓他了。

「由於人類天生的平衡感，能夠無意識地取得左右間的平衡，所以自行車能夠靠著騎乘者的平衡感持續移動不倒下。」──《透視器械的運作奧秘》是這麼說的。

060

神秘薄荷茶

為了薄荷茶，我願意成為阿拉伯人。

我住的巷弄裡，有不知名的人用紙盒裝了幾個盆栽，掛個紙牌，一盆10元，讓人自取。有天我覺得好玩，就留了一枚硬幣，帶了一盆薄荷。聞著真是舒服——薄荷的香味。藥店裡有賣小小的薄荷棒，我也買來聞過，但還是薄荷葉的味道更好聞——那是薄荷青草葉的味。

我始終不明白，薄荷的魔力究竟來自哪裡。如果說牙膏裡的薄荷味，感覺其實平平，薄荷糖我吃過，也覺得不如想像。雖然薄荷咖啡與薄荷冰淇淋更對味些，但我仍然不明白，偏愛薄荷，究竟是感官，還是抽象的聯想？——因為光是「薄荷」這兩個字，就會給我迷醉迷醉的感覺。英文或法文就沒同樣效果，非得連結到中文的「薄荷」兩字，我才會產生那種，低低的狂喜。薄荷應該是涼、辣、苦、嗆——甚至刺鼻的，是異類，有張不討喜的冷臉，可是到頭來，卻完全不是那麼回事。

薄荷茶，我最愛的那種——它甚至不是綠色，是紅色的。

阿拉伯人常備的薄荷茶——電影《大法師》開場沒多久，大法師喝的那種茶就是——我不知道還有沒有人像我一樣，給這部電影加分的原因，是因為電影開頭出現了薄荷茶。

除了紅茶或茉莉，我對一般的茶都沒有太深的感情。如果有人跟我說要品茶什麼，我通常會想辦法脫身，因為害怕跟某種所謂風雅的東西夾纏不清。但是阿拉伯人的薄荷茶！我能喝多少，就要喝多少。有看到說，薄荷茶是太甜的——我覺得那是沒喝到好的——只要有賣阿拉伯食物或甜點的地方，都會有薄荷茶，可是好喝的薄荷茶，只有幾處——一定有秘方，可是秘方當然是不好意思問，也問不出來的。就算這樣，次一點的薄荷茶，我也還是喜歡得不得了。

用茶包試泡過，效果大約只有次一點的十分之一，還是喜歡。——至今還沒有在阿拉伯地區喝過薄荷茶，但總是嚮往著。

整個阿拉伯世界對我的誘惑，就以他們的薄荷茶為起點。

061

換季與高領

高領有幾種，高領毛衣，以及穿在裡衣外的緊身上衣，簡稱「高領」——這其實是在台灣才常穿，因為我們冬天不開暖氣——有暖氣的地方，高領不怎麼實際，在室外雖然非常保暖，在室內就太熱。所以我還是回到台灣之後，才又重新有高領的需要。

年紀很小的時候，一年當中，會有一天，母親宣布：「今天開始要穿高領了。」通常那是深秋的某一日。等到或許是我八歲那年，我自己也懂得觀察氣溫，在天氣漸漸轉涼的時候，就開始等待「宣旨」。但是日子一天天過去了，不知道母親是忘記或是心不在焉，始終沒有如往年那般，給出「高領開始」的手勢。

這是怎麼回事呢？應該開口問，天氣冷了，我該開始穿高領了嗎？但想一想，難道我需要媽媽回答我這樣的問題嗎？答案很明顯，就是該穿嘛。天氣一天天變冷了，再等待，應該會生病了吧？

雖然沒有指令，我終於決定，自己要開始穿高領。而「原來我已經不需要大人告訴我穿高領的時刻，自己就能判斷並且決定」——就如成年儀式般，留在我的心底。

這件事，也沒有像其他事那樣，在事後，突然被母親發現，說「好能幹，不用說自己就會了」——「長大」就這樣完成了。

想當年，心裡還上演了不少小劇場：媽媽忘記了嗎？今年怎麼回事？

我母親對我的教養，混合了緊迫盯人與視而不見兩種極端。那與她自己大約國小五六年級就不再受父母悉心照料，大概有關。如果是她小時候有收到照顧的部分，她通常會加碼付出，但是如果是她小時候就被忽略的東西，她也同樣會加倍缺席。媽媽是會像斷電一樣斷線的。作為成年人，我對這一切都能理解，不過，對兒童來說，媽媽會熄燈且打不開，有時是蠻可怕的。

關於高領的回憶，是這類事中，較不悲劇的。雖然寂寞，但並不悲傷，這就是高領給我的感覺。

062

蛋呀蛋的光

喜歡石田真澄的攝影集《光年》。

裡面盡是一些莫名其妙的東西，雖然也有看似較明確的畫面，比如一群女學生站著各翻各的書，推測是考完試後的翻書，也有整張畫面都是許多三角飯糰——是全班的份量嗎？不曉得。校園生活，照理說有許多事件，但真正被記錄下來的，其實少之又少——這與有沒有手機拍照功能無關。因為生活並不在構圖中，面對鏡頭時，往往都已經是生活之外，或說，生活暫停。

女校世界還是非常有特殊性的——並沒有掩蓋性徵，但所謂男性凝視的不在，很真實——在這種空間裡，女孩醜醜的快樂，醜醜的美麗，也不是刻意扮醜，而是因為「沒有被看的意識」，所以一切都是「沒有姿態的姿態」。真澄的鏡頭也是如此，少女的眼睛沒有統合或定義的慾望，所以會對被稱為局部的東西感興趣，也停留在奇怪的片段中。就像缺少筆劃的字一樣，注意看時，那不是缺少，那也是字。

《光年》裡也出現了蛋，而且是兩顆。為什麼會有兩顆蛋呢？不知道。蛋並沒有裝在容器裡，也沒有立起來，而且是以鳥瞰的角度看那兩顆蛋，看久了，甚至會隱隱覺得那像一雙眼睛，再變成彷彿蛋之下的桌或平面，破了完整的洞。蛋也有外星感。

以上是石田真澄的蛋。對我來說，蛋還是用來吃的。

有回朋友想要跟我分玉子燒，好換給我更多樣的食物，我明確拒絕。原因在於我一個人要吃整份玉子燒——凡是遇到要開會或寫東西，我要吃兩顆蛋，不太耗腦時就不講究。當天下午要開會，玉子燒一枚不知是幾顆蛋，保險起見，吃一份總不會錯。一顆蛋保平安，兩顆蛋過難關，這是我無意識中的法則。

阿嬤的荷包蛋大概有米酒、醬油、糖與鹽，是美味的極致。我沒有嘗試複製過。水煮蛋不加鹽，我就很喜歡，因為蛋味，就很有滋味。

睡魔伴奏
睡魔伴奏是由太鼓、笛子、手鈸所組成，太鼓穩定節奏、笛子主奏旋律、手鈸伴奏音調，跳人依伴奏旋律激情不間斷的跳舞。
跳人
在運行中邊喊著「RASSERA—、RASSERA—」的口號，並跳著舞蹈的人們被稱為「跳人」，只要穿上跳人的服裝，任何人皆可參加祭典遊行隊伍。
持扇者
哨子和扇子是給推動睡魔移動的曳手們的信號，讓睡魔能有更生機勃勃躍動的魅力。能順暢引導睡魔的持扇者不是一般人的技術能夠勝任的。
睡魔師
大型睡魔的製作者被稱為「睡魔師」。睡魔師每年於睡魔祭典結束
小丑
為祭典增添快樂氣氛的裝扮者。小丑們為了博得觀眾一笑，細心打扮，並引來沿路遊客不斷的掌
SUZUKI
Calbee
曳手
聽從持扇者的信號指揮，推動睡魔向右向左的移動，曳手與持扇者們

063

睡魔祭字紙

我竟然沒有買什麼睡魔祭的紀念品。可能是因為拍了照錄了影，還跟同看祭典的日本人一一告別過，在回憶上感覺非常充足——想起來，沒有紀念品，還是有點可惜。現在只有這張介紹紙樣。

我最開始想去睡魔祭的想法是有點荒謬的，因為我總是睡得很好，想來是睡魔保佑，所以，我想，別人可以不去感謝睡魔，我不可以不去。而且我希望去感謝睡魔後，可以越睡越好。豈知，這根本與睡魔祭的旨趣相反。

人們是害怕睡魔的，所以舉辦睡魔祭，希望趕走睡意，不因為太過愛睏而做不了農事。——稍微想一想，這真是非常哀憐的起源。

青森這個地名來自森林，讓人有種非常接近大自然的感覺。然而，這個農業地區的地方記憶，有一部分與饑饉深深相連。城市人多覺得一日農夫是減輕壓力的休閒，但真正的農事，會因為遷就作物的特性，有其不能任性的勞動強度。雖然現在說到睡魔祭，多凸顯其表演的盛大與燈籠的藝術，但我以為，祭典與農忙辛酸到要「管理睡眠」的聯繫，其實也有現代意涵。

仍然有許多職業，是以縮短睡眠時間為代價的吧？服用藥物提神，甚或咖啡一杯接一杯，不都說明，我們仍然與發明睡魔祭的古人們，相距並非遙遠？

人難以抵禦睡意，就如無法不死，可是在死亡之前，睡著而能復醒這事，的確有如重生。儘管我一開始對睡魔祭有所誤會，我還是非常喜歡這個祭典，希望有生之年，還能再去一次。

064

一九九九年的信封

網路時代後，據說大家都不用手寫信了。有回我在文具店裡問信紙所在，感覺店員看我的眼神，彷彿我是穿越劇走出來的人物。也聽過一個趣聞，是比我年紀小很多的堂妹，知道她的父親給某人寫了親筆信，因為她本人從來沒得到過父親手寫的信，竟然難過得哭了。當時我還想，哎呀，那一定是寫給年紀很大的人，小朋友竟也想要手寫的信！

連我自己，也逐漸失去手寫信的美德了。從前寫信風氣之盛，我會想起兩件事，一是即便住在同一間屋子裡的人，也一天到晚寫信個沒完——不確定是杜思妥耶夫斯基本人的事蹟或是他小說人物的寫照——就算是小說，我想也有可信度。另外一樁，則是關於佛洛伊德。有年輕人給他寫過信，而佛洛伊德見到他面的招呼，就是當面「背」出他的地址，街道門牌，一字不錯。

我本人沒有這種功力。地址一向是邊看邊抄，可能也不像古人一樣，有拜訪人的習慣，覺得地址是給郵差送信用的，很少費心記憶。這個信封上只有收件人的資訊，沒有寄件人的——因為寫在信上了，但是看信封，我也不會忘記筆跡——郵戳是一九九九年，時間久，信封有點破爛了。

寫信的朋友慢慢變成寫email的朋友，再變成賴。這個信封，對我來說，意義之所以非凡，應該是因為，它來自我在法國交的第一個朋友——它象徵了許多事物：友善、希望或愛。

看著這個信封，使我想到人生中，許多應該保存，卻沒有善加保存的友情——其實交朋友就像一切好的習慣，仍然需要「最小限度的努力」。

比起某些我保存了的朋友，我並沒有比較不喜歡或不在乎她，只是因為我也說不上來的理由，漏失了「最小限度的努力」——而這個信封，就成為「還沒成為遺憾前的遺憾」的時光痕跡了。

065

第N副眼鏡

米蘭·昆德拉的一篇小說中說，墨鏡有類似眼淚的功能——令人印象深刻。高中全班烤肉，不知誰帶了一副太陽眼鏡來，大家輪流戴了照相，深深領教太陽眼鏡的威力，無論是什麼樣的臉，戴上太陽眼鏡都特別好看，難道是眼淚可以美化臉嗎？不知道。

我還沒有配過太陽眼鏡，但總想著，覺得很可以激勵自己：戴著太陽眼鏡去旅行什麼，可不拉風嗎。但我現在知道，太陽眼鏡也是防眼病的，有人跟我解釋過，但現下忘了細節。

近視眼鏡就沒那麼戲劇性了——對近視的人來說，眼鏡最重要的功能，還是為了看得清楚。

大概在二十歲之前，若有人喊拍照，我都還會把眼鏡摘下來，倒不是因為好看與否，而是那時，眼鏡感覺還像是個身外的「添加物」：戴眼鏡照相，有點像進屋子沒脫帽般。但是，摘眼鏡的動作，後來就省略了。因為與眼鏡已經太為合體了，沒戴眼鏡，除了看不清之外，也有種不完整感。

說是第N副眼鏡，還是有點誇大了。從小學三年級開始算起，如果平均是五年換一副，應該也只有十副左右。戴眼鏡最為不便之處，恐怕還是在親密活動時——與一個人關係到可以替對方脫下眼鏡，或者互相保管眼鏡，那肯定是非常之親密。

眼鏡總是新的好——這是因為舊的眼鏡，鏡面會磨損，總沒有新的來得清晰。

因為是貼身的東西，選眼鏡頗費點功夫。看過有嘲笑文青的文章，謂黑框眼鏡為標誌——當時我也戴了副黑框的，不覺笑了出來。其實常配黑框，不見得與黑框有關。我也配過其他顏色的金屬框——但戴眼鏡的人最怕眼鏡重。這副眼鏡所以又配了黑框，為的是它夾鼻的部分，因為設計得好，不至於滑上滑下——配眼鏡多年，終於懂得選對鼻子好一點的框了，也算告慰鼻子多年來的辛勞。

066

最廢防疫品

網路上出現有人徵求分享買過的「最廢防疫品」——我還沒上去看，但頗有參與感。二〇二〇年一月二十三日，我第一次在日記中提及疫情——但其實更早就因此煞車出國的計畫。二十六日記了台灣不出口口罩的爭議。——台灣是二十四日禁口罩出口。

一月三十日，義大利出現首例確診——疫情不要全球擴散的奢望開始大大破滅——因為歐洲沒什麼邊境管制，坐火車或巴士就能來來去去。二月三日，清晨五點鐘，我在統一超商買到第一個口罩——當時一個信封是三個口罩，實名制還沒開始。在這之前，不管在全聯、藥局或上網，我都買不到口罩。因為我一向是「搶啥都搶不到」型的，所以並沒有太心急，暫時用自動禁足代替口罩消耗。三月四日寫到，「昨天買了四個口罩套」。——沒有詳述，但可見在三月時，對於未來能不能有足量的口罩，仍然毫無把握——當然是醫護先，口罩套的作用是為了省口罩。

我第一次在賣棉被的店的櫥窗看到口罩套，有看還沒懂，我想買的是「口罩收納袋」，進去翻開後，與老闆「雞同鴨講」許久：「這個沒有縫起來，口罩豈不是會掉出來嗎？」老闆說：「這樣口罩才可以放進去啊。」老闆脾氣也真好，讓我盧了超久。不過，我想他也完全沒懂我在煩惱什麼。在網路上惡補，終於了解口罩套為何。再經過棉被行，就買了。並謝謝老闆上回的「不煩之恩」。

口罩套，記錄了當時對買得口罩有多麼的不安與憂慮。口罩套大概只用了兩三次，那種經驗蠻痛苦的，因為加了口罩套，其實呼吸很困難，還覺得熱。還好後來口罩實名制就上路了。我仍然盡可能控制用量，後來可以累積一點數量捐出去，都要感謝實名制。

就這樣，口罩套成為了我的「最廢防疫品」——但還是值得留念：一時艱困，雨過天青——儘管要看到疫情的盡頭還要更長的時間，但是，口罩解除了最初的無助。口罩套是廢，但也是廢得好。

067

微無印湯碗

這碗還是特地跑到大同門市去買的，還沒啟用。

大同近來上新聞，都與經營權之爭有關，到底它現在還是不是個好的企業，不研究一下，還真說不上來。我還有個大同電鍋沒拆開來用——這兩年突然從電鍋人移民成烤箱人，更省時了——但是電鍋有電鍋的好處。

我在「精實家事」上的態度，簡直可怕。可以用一個盤子解決的事，絕不用到兩個盤子——所謂西式的好處就在這。洗碗盤不只花時間，我也經常容易打破——有個清晨，我不得不嚴厲地警告自己，妳再這樣容易打破杯盤，以後妳就只配使用全套不鏽鋼餐具了。——是說因為打破了幾個玻璃杯後，最近用的是琺瑯杯，應該沒什麼機會再打破了。

一個大盤子模仿咖啡廳裡的套餐上菜，開動前還會對自己說，今天這餐不收妳兩百八或三百二呢——不過，我也是有點打馬虎眼，真是這個價，店家也是會附上一碗湯或甜點之類。——會買這個小碗，不知道是不是這樣的想頭。想把套餐感做足了。

像辦家家一樣，又是醬料碟又是沙拉皿，我在網上觀賞時，也常流連忘返。可真的在生活裡，用餐似乎總是在爭取時間——吃完就好上工啦之類，所以既然研發過極簡的流程（我會算步驟，有三步驟餐與五步驟餐之別。）——要再化簡為繁，就有點難。我想當初會看上這個小碗，可能並不是真的要拿它來盛湯，而是既然要模仿咖啡廳，人家至少在呈現白飯上，會倒扣一個小半圓球——我想，我是看上了小碗的這個塑形功能。

始終沒有付諸實行，顯示了我的生活，還真欠悠閒。實行過兩個盤子以上的進餐方式，我記得只在人生的某些時段——但這種雷厲風行，總無法長久。

買到這個小碗，我很得意。覺得它是「不叫自己無印」的無印碗。底下還是有大同的字樣，所以就算它微無印好了。

068

髮夾如閃電

跟我略熟悉的人，大概都知道，我有送人髮夾的習慣。送東西據說有許多禁忌，比如不能送傘（散），不過，這種問題難不倒我，那就送傘時，再加塊布（不）就成了（不散）——髮夾沒聽過有什麼禁忌——除了不能送「髮際線變高」的人。

一點點顏色，一點點造型——就算不拿來夾頭髮，它最大的好處，是它「小小的」，不佔太多空間——而且，應該也不會有人因為收到一根髮夾，就覺得要「不負所託」——是說，我送東西本就沒什麼所託，純粹是喜歡高興。

髮夾是點綴，這世界上其實沒有什麼不是點綴——人與人之間，一旦超過了點綴，就太過束縛。若是生在更有大自然的環境裡，應該遞出的，會是草莖與野花——用花草裝飾頭髮或身體，一直是我覺得很美的事。

小石小時候，我也隨手給他夾上我的髮夾，他也覺得愉快。我本意並沒有特別想塑造他的氣質，而只是不在意性別的無謂界線，但夾上髮夾，他也會自動擺出柔美的姿勢——「扮嬌媚」——我覺得那十分可愛。認真想起來，男人通常不使用髮夾，其實蠻奇怪。當然如果一個人想強調自己的「平頭性」，髮夾當然是帶有衝突性的飾物。但說起來，髮夾與頭髮長短並沒有關聯，若是光頭，自然無法用，可是一般有點長度的髮，髮夾都可以用——想起來，應該還是與「可愛禁忌」有關。

過度男性化與過度女性化，通常都會被側目，或是被負面標籤，但那通常只是「過度評判」的結果。人類的自由，並不能脫離人對自己身體的表現方式而成立。尋求「中庸」，可能是偏好，但也可能只是屈從。不是還發生過，小男生害怕戴上粉紅色口罩的事嗎？或許應該時不時地給他們幾根髮夾，才能解除無謂的「可愛禁忌」。

髮夾令人愉快，無論是把它想成草叢裡的小青蛇，或是黑夜中的一道閃電，它是公開的悄悄話，也是身體樂章裡可挑可逗的裝飾音。

069

沒在用手機

假設每個人都有手機的這種想法，基本上，完全莫名其妙。商業活動就算了，如果有關基本人權，那就看是否有人敢把它列入基本人權後再說——我對於任何數位一元主義或數位強迫症，都保持反對與憎惡的情緒。憲法可沒規定人人要有手機——它可以存在，但強制就是愚蠢。

沒手機就辦不成許多事，認真來看，生活真是越來越不方便了。四支手機，都沒在用了，兩支是二手的——我對於接收二手手機相當有興趣，大概因為對智慧手機的生產與回收，頗有疑慮。

第一支是我從法國暫時回來台灣，因為沒有市話，買的第一支二手手機。回法國就沒再用，相安無事很多年。我有個戀人說過一句很美的話：「手機只是為了遷就那些『壞』朋友。」那時總有些人會盧別人要有手機，我不被盧，所以很自在。回答「沒在用！」時，還曾被某人小崇拜了一番：是個導演，但他也差不多，他沒電視。

他說：您是真正有哲學態度的人。我覺得很好笑。

我很喜歡掀蓋式的這支，因為它陪了我相當多年。最初是因為我會報名實習課，電腦又奇笨，沒有手機號，會因為表格不全而無法回傳，所以我想就弄個號碼純填表用，哄電腦。我有時會看到有些名人宣布，經歷了什麼什麼反省，從此要將手機回歸到最簡單的電話模式，我總竊笑，一開始就這樣不就好了嗎。回台灣後，小紅帽不能用，就買了老三。

老三我很喜歡是它附了小遊戲，寫小說累了的時候，我會打開來打小飛機，還有些簡單的心算，答對就會產生激動的歡呼聲，相當療癒。

老四是一個超細心的長輩換手機時，送我的舊機，我也用了五、六年，總齡可能超過十歲。我用它做了不少不錯的事。因為其中有他人的心意，對我來說，它很貴重。後來是有毛病反覆修不好，我才終於用新手機換掉它。即便對手機冷淡至斯，我都累積了四支沒在用手機，這令我十分感慨。

070

書店地圖冊

如果說，讓手機進入我的生活，我是有那麼一些不甘不願——對於書店，我熱烈喜愛的程度，就是覺得它們「永遠都不夠」：不夠多，不夠近，不夠逛。

每年如果時間對，我都會入手兩三冊，《福爾摩沙書店地圖冊》——儘管我是嚴重路癡，我對地圖冊，也是一樣喜好（雖然地圖對我沒用）。對於書店，我最大的障礙，也是如何找到它們。像「唐山」、「南天」、「書林」、「台灣的店」，對我就毫無困擾，多是「從小走到大」的——在認識唐山前，最多只會讀很一般的世界名著，進唐山後，才開始讀「各式各樣的書」。

雖然我最偏愛它的是它的社科綜合性格，不過，唐山有半壁江山都是文學與詩集。偶爾在這裡找到網路上絕版的書，那種痛快啊，真是什麼都比不上。在唐山買書，我一向是「從來不看書價錢，永遠覺得我太賺」：不要問我為什麼，買貴了才研究，都買便宜了還計較嗎？

我也很愛走它滿是海報的「下樓梯」，有些立場已經離我很遠，但我喜歡看到不同的異議，仍然以理服人或以書自立。有次很有趣，一個小女孩坐高高的在唐山的招牌邊讀書——妳是嫌它的招牌不夠醒目嗎？真是太過美麗的示威。

我徵得同意後，拍了照，不過，我對照片非常謹慎，從沒po。

書林在二樓，裡面到處都是可愛細緻。有回是在《台灣的店》買到《書店地圖冊》，有個法國人在那裡找旅台紀念品，我就順手給了他一本。二〇二〇年版中，愛店「moom」也入列。不是路癡嗎？為了愛店也會拚的。我沿路拍了各種照片教自己「怎麼走到」——最後，我的秘訣就在從二三七巷進去。都說書店危險啊，但又開了那麼棒的一家店。而且它還在轉角。我很相信轉角會發，連做夢都會夢到這件事——唐山不也在轉角！每十個轉角就應有一家書店，因為，書店才是城市中，真正的轉角。

071

昨日的鋼琴

在一定年紀之前，鋼琴曾經是我最親密的一部分。

鋼琴老師齊老師攤開她的手讓我摸，她說那裡有一塊練出來的肌肉，一天不練就會變弱，我的手軟軟的，還沒練出肌肉。我對齊老師的話，深信不疑。有時跟大人出外旅行，或去阿嬤家，不可能每天練琴。每少練一天，我都會感到憂心，彷彿有什麼珍貴的東西正從我手中流失。

九歲就給我《巴哈創意曲》——真的不是玩票。因為了解老師的要求，卻一時做不到，我會邊練邊哭。我媽覺得沒必要練得那麼苦，幫我停了課。停課的時間裡，我只做一件事，那就是練琴。「現在我閉著眼都能做到了，我要再回去上課。」我要求道。

一直跟齊老師跟到她出國。她給我的人格打下穩固基礎：要自律認真，但也要懂享受——這些大概都是學她的。她指定我功課時，會彈兩三首曲子給我聽：「喜歡哪一首？」我「挑功課」時，總是很興奮。雖然我沒有成為音樂人，但我受的音樂教育，我認為它幾乎無價。

高中時，我換了某音樂班的、脾氣很好的陳姓老師。他很喜歡教像我這樣「不是音樂班的學生」，因為他的學生，面對各種競爭，往往無法真正享受音樂——。他教我的時候比較快樂，有時一教就是兩三個小時。儘管我帶的鐘點費只有一小時。但我那時，以我自己的標準來說，已「學得不太好了」，因為，我開始感受到我內部的某種破碎。

專心練琴必須對很多事都沒有懷疑，而我已懂得懷疑。我是先失去堅定，後失去鋼琴的。

對我來說，鋼琴象徵了割捨。

即使是付出那麼多心力的事物，有天照舊要毫不留情的割捨。國中時，兩個老師評論我：「那麼小的小孩，就那麼有決斷。」我當時聽不太懂。不過，當我想到我的鋼琴，我想，我就懂了。

072

鹿港鹹蛋糕

比起甜蛋糕，我更喜歡鹹蛋糕。

將太在參加某項廚藝競賽時，遇到很難解決的難題，最後他想出來的辦法，就是「做成蛋糕」。他的材料既不是甜蛋糕也不是鹹蛋糕的素材，而是某些「不會與蛋糕聯想在一塊的東西」。比如俄國的小說裡，會出現「鱘魚糕」——我從來沒吃過，但在想像中，覺得那應該非常美味。

那一集的《將太的壽司》非常好看，「做成蛋糕」這個出路，應該不只是廚藝的，也可以應用在許多其他的事情上。有時，當我遇到生活或想法上的瓶頸，我也會向自己喊話：「做成蛋糕！」

猶太人在五旬節會吃起士蛋糕，使我有點生氣——我們一般人只有在生日才會吃蛋糕！如果做猶太人，每年多一次，可以名正言順地吃蛋糕——我生氣不太有道理，其實是因為我相當喜歡起士蛋糕。巴黎猶太博物館附設的甜點鋪，是我吃過數一數二好吃的甜點——那些風味在別處，我都沒嚐過。雖然現在誰高興，都可以來個蛋糕切片，但是帶有「慶祝理由」的蛋糕，還是不太一樣。

很小的時候，我父母會動手做我的生日蛋糕，就是蛋糕皮上有黑棗的那種很古典的蛋糕，我只記得攪拌時，會弄得砰砰響，是很熱鬧的製作過程。我一共碰過三次別人幫我做蛋糕——倒有兩次是在法國。蛋糕有許多故事，如義大利的提拉米蘇，或德國的黑森林。

鹹蛋糕並非稀有，但比起甜蛋糕還是少見。木柵路上的店鋪沒有我愛的，真要吃，得走幾個街，用的是筍——有用肉鬆的，肉鬆就較為平凡。原本我是不會知道這家位在彰化鹿港的里昂鹹蛋糕。口罩最缺的時候，看到一則新聞，這店家大量捐出口罩。當時，我就想「咦？竟然有鹹蛋糕專門店啊。」——本來馬上要訂，但我這方面手腳很慢。今年終於得償心願：吃到了里昂鹹蛋糕。

073

只有水果刀

在刀子方面，我一向只有一把水果刀。我從不做太複雜的料理，水果刀，於我足矣。

連稍微鋒利一點的牛排刀也沒有——不確定何時我會對自己解禁。

所以會有「最少刀具」原則，是因為年輕時代，割腕對我有相當大的誘惑力。還曾研究過全身靜動脈圖。有些理論，會把自殺本身就放入精神疾病中，從理智的觀點來看，一個人除非錯亂了，不可能想要結束生命。

受自殺衝動所苦的這件事，大概可以這樣說：「就算我不想自殺，我也還是想自殺。」對抗這種衝動，有點像有兩個人格互鬥，一旦「不想自殺」那方敗下陣來，那就沒有辦法。這樣看來，有兩個可以努力的方向：一個是培養救生員更強大的力量，另一個是讓殺手「睡著」——不過，很難說這究竟能有多大的功效。受到什麼樣的刺激時，殺手會突然醒來，並且變得暴力，讓救生員節節敗退，狀況並不容易掌握。

必須節制對瘋狂的好奇心——想知道跳下懸崖是什麼感覺？或想知道砍下自己頭是什麼感覺？必須學會將這一類的好奇心，轉換成其他象徵語言——然而，轉換語言不見得時時可行。比較次要的對策，是環境控制。

基本上，我盡可能不擁有自殺族的作品——但這非常困難，難道捨得去太宰？不讀伍爾芙？——很奇怪的事是，太宰從來不會扯到我的自殺神經，也許他的作品已經「穿過自殺」，但他本人沒有——這是有可能的。如果說敏感，張愛玲就特別有趣——她盡有各種黑暗與痛仇，但從已有的跡象來看，她並不被自殺誘惑。不過這也只是推測——《冰點》裡的陽子，本來「不是自殺的料」——但還是有可能碰到那個「冰點」。

也許在無意識中，覺得菜刀是母親之物，而我曾從母親身上感受到的殺意，使我始終不確定自己是否能夠驅魔。——水果刀則沒有形象，我從沒因為看到水果刀，而想攻擊自己過。

074

受傷者披薩

《29棕櫚》是一部電影。因為是很久以前看的，雖然記得片名是數目字加棕櫚，但數目字有點模糊了。我不死心，用「法國電影，里爾導演」下去搜尋，第一行就跳出導演名。

那麼費事的原因，並不是要談電影，而是要談披薩。

雖然整部電影都拍得非常棒，但好得讓我幾乎要發出尖叫聲的細節，是因為女主角問男主角，要不要吃披薩——或者說她已經買回來了，才問他要不要——這是一個非常悲慘的愛情故事。但愛情本身並不悲慘。

我是和朋友一起去看的，「披薩那一幕。」「對，披薩，真的，但不知道為什麼那麼棒，是因為披薩的關係嗎？」——我們會這樣討論，並不是因為肚子餓了。我說：「因為披薩是少數分食但又像在一起吃的食物，想想看，在那樣的時刻，若是一人一個三明治，那就一點意思都沒有。」雖然炸雞也有分享餐

——但是在悲劇之後吃炸雞？其他更有風味的食物，也很怪。但披薩不突兀，最重要是兩人面臨了某種絕對性的分離，是那種活著卻天人兩隔的狀況，披薩完全翻譯了「在難以付出感情時的感情」。

在那之前，我沒研究過披薩。即便在吃的時候，也沒分神想過它是什麼——可是它之所以可以成為電影的某種低調高潮，表示在那之前，我已經累積了某種「披薩意念」。

也許披薩的原型是「餅」——就算現代人只偶爾吃吃蔥油餅或喜餅，餅還是在語言中留下了很深的痕跡。「把餅做大」——我們都懂，我們卻不會說「把飯做大」或「把麵條做長」——據說麵是比較晚出現的詞，甚至也是從餅來的——把餅撕成一片一片，就成了麵。

披薩的慰問不像雞湯那麼藥，不似巧克力那般糖，也並非酒精那種「神」。

披薩是：「你是一份子，其中之一，在場還有別人。」——如果這樣感覺，披薩幾乎就要變成「重獲接納」的代名詞了。這也難怪，遞給受傷者披薩，會顯得那麼痛楚、善解人意，與哀矜。

075

埃及文件夾

我在舊筆記本上的某一頁，看到自己列出的「埃及十一物」——想要兩個鑲嵌盒與六個護身符，還說得過去，還想要駱駝毛飾毯是怎麼回事？清單上還有編籃、掛燈、紙莎草紙畫——這人是有什麼毛病啊。我想，我一定是看著很多照片的旅遊雜誌，一邊「物慾高漲」。

我不記得是在什麼契機下，我的埃及熱被引爆。

在被引爆之前，其實經過蠻長的平靜期，雖然收到過博物館的埃及主題禮物，高興是高興，但並沒有發燒。是因為商博良嗎？是因為卡瓦菲斯嗎？不——這都已經是非常後來的事。雖然知道想像很可能與真實的經驗完全不同，但瘋狂的想像，仍有它的好處，就是讓我能夠燃燒慾望。

人的慾望常常難以解釋。就像戀愛一樣，解釋不出來為什麼留戀的東西，往往最執著、最強烈。如果戒不掉的是比如賭博或藥癮，大概要比較緊張，如果只是為埃及著魔，應該還好吧。

古埃及研究的特點是，埃及歷經兩千多年的異族統治，幾乎完全失去語言與歷史紀錄——照理來說，被遺忘就是死亡與消失，關於古埃及的一切，應該都有點像在做心肺復甦術後吐出的氣——它是對滅絕的不捨與追問。

古埃及令我們那麼驚奇，是因為它的內容多曾被主流文明否定與排除，因此當再出土時，我們往往詫異於「另一種觀點」的存在。比如有研究聖經的文學，會簡單地開宗明義：要知道，如果從埃及的角度來看，那就完全相反。古埃及是曾被隱沒在海洋之下的眼睛。

古埃及人認為人由九種不同特性交織，有三個特性是我最有興趣的：「卡」像「他人認識的你」，「芭」像「只有你自己能認識的你」——「瑞」表面的意思是「真實的名字」，但綜合我所看到的所有相關討論，我覺得那並不是一般

「王小明」或「趙甜甜」那樣的名字，而更像創造出的「定義」，也就是一個人成為了什麼的象徵與化身——我會說那是，「一個人活出來的文學」。普魯斯特問題裡，有一道題就是，「如果你是一本書，書名是什麼？」古埃及有趣的事物，還很多。

這個文件夾應該是在某次台灣古埃及文物特展買的，作為望梅止渴的「梅子」之用。

076

彩虹的危機

有件很尷尬的事，是我其實並不十分喜歡彩虹旗。

很多年前，台灣彩虹旗還很少見，有學姐弄來了一面大的，掛在家中。記得當時大家都覺得，學姐的品味不太好——雖然大家反感的並不是它代表的意思，而是它不是美感的偏好——很多旗幟都是這樣。我也不喜歡中華民國國旗——幼稚園時就教我們畫，十二道光芒畫得手快斷掉——覺得日本國旗好多了。但這都是「非正式談話」。特別去冒犯有旗幟愛的人，我不覺得太有必要。

匈牙利最近通過新的法案，禁止對十八歲以下的未成年人展現或鼓勵轉換性別或者同性戀。這個禁令針對媒體、出版與廣告做出限制。我雖然很火，但沒十分憂慮，匈牙利是歐盟國家，歐盟機構應會處理歧視同志的法律問題。

另一則報導的最後一段話，倒是頗令人沉思，大意是：在二〇一〇年，奧班開始掌權前，匈牙利是該地區最進步的一個國家，一九九六年就已承認同性婚姻。奥班是誰?主導中國復旦大學在匈牙利設校的總理是也,這事還氣得布達佩斯市長想要用四個中國敏感詞為路名。

我因此把我的彩虹巾拿出來看了看。——因為表示支持的緣故,這類東西,我還是會買。「彩虹旗」會因此不能出現在匈牙利的電視中嗎?感覺很荒謬。可是如果彩虹旗可以出現,但其他電影(包括《哈利波特》)不可以,這是除了荒謬,還是可怕的滑稽。

去年去地方的美術館看展,出來某展間,志工卻頻頻對我說抱歉,說影片中的男人很噁心,讓我在美術館講了半天「一點都不噁心,是了不起的性別視覺顛覆」——這一類「並非彩虹旗,但斷彩虹向」的事例,簡直處理不完。

我看過時尚圈的某作品,彩虹色不做飽和,邊線也毛起來——當時我就想,起碼要像這。又不「直」,色塊那麼規矩是想怎樣(純粹私人龜毛)。最後,我找到一個辦法，彩虹巾翻到背面，變得有點暗，讓我覺得好多了。模糊、曖昧、怪——這是我認為的力量，這才像我自己的彩虹旗。

077

乒乓球乒乓

在這世上，也許存在比乒乓球更好玩的運動，但不會有比乒乓球更好聽的運動吧。

我曾有一個杞人憂天型的朋友，老問我一些怪問題：「假如有天妳眼睛瞎掉了怎麼辦？」「不怎麼辦。眼睛瞎掉照樣可以做很多事。」她不死心，又問：「眼睛瞎了與耳朵聾了，妳會選哪一個？」我毫不猶豫地說：「當然是眼睛瞎了！」——不是我不珍惜視力，但我從聽覺得到的快樂更多，使我覺得，放棄聲音的世界，最難過。

喜歡聽乒乓球打在桌上的聲音，這應該屬於怪癖。還有一個與球類有關的聲音，是籃球落地——偶爾會有人邊走邊運球，我都會豎起耳朵來聽。也喜歡經過籃球場，籃球落地的聲音，很令人安心。但籃球的聲音變化，不像乒乓球那麼細膩。

桌球比賽的轉播，球桌下都有裝麥克風。因為，聽不清楚桌球的聲音，樂趣應該會大減。

不只是一來一往的聲音悅耳，桌球落在桌上，不會馬上靜止，還會小小彈跳，此時所發出的「一串漸弱」浪花，也好聽得緊。

音樂界果然也相中乒乓球的音樂性。有真的將乒乓球寫入曲譜的，演奏時不但有乒乓球桌，還要有桌球員。另外，也有加入桌球如加入「特技」，來改造古典樂一本正經的形象地——乒乓球在這裡帶來的是風趣與笑鬧的氣氛，倒不一定那麼借重它的音質，這有點可惜。嗯，真希望乒乓球也能擁有像勒萊．安德森的《打字機》那樣經典的曲子。

我打乒乓，不會殺球，不會切球，唯一擁有的小小獨門技，可稱為「突然改變曲速」——我能得分幾乎只靠這一招。回想起來，我好像是用耳朵在打球。

不過，我看過電視上的比賽轉播，選手的球速飛快，我的這種方法，遇到高手時，應該毫不管用。像福原愛這樣十五歲就去雅典打奧運的桌球運動員，是怎麼想乒乓球的聲音呢？《不管怎樣的哭法，我都準備好了》裡面，並沒有提到。沒錯，我連這本書都有，我真的是桌球控，還是乒乓聲音控。

物已不存

078

奢華與包包

很小的時候，我就有機會觀察關於奢華的問題。有次在某家庭的別墅裡，一個女孩坐在階梯上，沈痛地說：「我在想，我將來長大要如何賺很多錢。」我暗自下定決心，未來絕不要過成會讓他人陷入痛苦的「奢華」中。

女孩住的是公寓，如果不是見識到別墅的排場，我猜她原本對自己的住家，不見得不喜歡。我的另一個案例，是我阿嬤，因為她會買首飾，可我對這種奢華非常寬容：阿嬤不識字，我們能從文化中得到的滿足，她不能。我早年的想法是，對沒有文化的人的奢華都要非常寬容，但有文化的人要自己看著辦。

有回和朋友在街上吃三明治，朋友說，如果他有錢，一定要帶我去某高檔餐廳。我說，別！那個餐廳我很了，左邊是將死之人，右邊是不忠的情人，我還是吃三明治就好。原因是我讀過一則軼事，某大導虧負前妻甚多，後來得知前妻將不久人世，馬上請她去吃那家高檔——在這種情勢裡，會覺得奢華的存在，確有必要：為了表達歉意，為了撫慰不公，不過，若都曾好好愛人，這一幕就可以省了。人非常不完美，總有該道歉的時候，所以奢華，仍不該禁絕。

翻開一本時尚史，第一眼就落在一行字上頭，大意是，奢華時尚的消費，佔比極大是給情婦的贈禮，這個經濟體強烈依賴婚外情的（負疚）模式。在《絲線上的文明》中，提到黑人剛被解放不久後，產生了強烈的「華服狂」——原因是，被長期剝奪過選擇服飾的自由。

因此，關於象徵奢華的包包，我也覺得必須先認識慾望者的歷史。

女孩常被說成會為包包喪失理智，關於成因，最好不要太快貼標籤、下結論。

文學界有名的包包事件，是吳念真買包就被狠批。我覺得只有非常不了解世事的人，才會那麼快下判斷。某日我母親竟對我說，妳好歹也帶些包吧？而我打混過去，沒有理會。

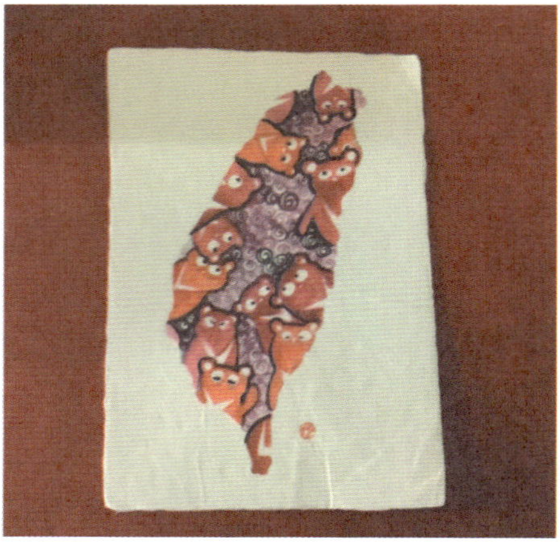

079

紙寮紙黑熊

紙總是令我感動。手工紙，那就更不用說了。

以台灣島形為主視覺的東西很多，在東門的來好，還看過全部以金色繪製的，考慮了很久，還是沒買。覺得收集這類東西，未免太瘋狂。但這張以許多黑熊構成的島嶼明信片，我很後悔沒有多買幾張。

圖案上的黑熊擠眉弄眼，古靈精怪，非常好笑——紅通通地，但認胸前V字形，知道是台灣黑熊。

有次我在巴黎報名社區旅遊，去了荷蘭的兩個工場，一個是乳酪，一個是木屐，覺得非常有意思。台灣這種觀光工廠也有不少，可我去得還不太多。

有次也是報名了里長主辦的旅遊，以為會類似去荷蘭那次，可帶去買東西的時間太長——參加的都是有點年紀的銀髮族，對購物很興頭，所以也不能抱怨里長的規劃——只不過是離我想像的旅遊，有點距離。

廣興紙寮在南投埔里——想起來，最接近去乳酪與木屐工場參觀的經驗，應該就是在廣興紙寮了。可同去的朋友已經去過不止一次，好像覺得我只是聽導覽，就那麼興奮，有點不太像樣。

歸根究柢，是因為對紙有特殊的感情。雖然都在電子設備上書寫了，但在最初，沒有紙就難有書這事，無論如何都不願忘懷。

紙寮說起來還是很專門的製紙者，官方網站看起來，略顯無趣。會幫忙大肆宣傳的，反而是參觀過的人——像當場還有可以吃的「菜倫紙」一事，雖然有點幼稚，可還是完全擄獲了我的心——紙點心拿起來順手，又有獨特性，更重要的是，還很好吃！或許有天，「菜倫紙」還能成為「打敗洋芋片」的美味，也不一定。

到廣興紙寮，若有喜歡的紙樣或製品，真不妨多帶一點：因為，在別處還

未必找得到呀。還有，最後能把菜倫紙吃下肚，那你就跟紙的歷史，合為一體了。（笑）

080

是否洋芋片

印象中，如果寫到洋芋片，無論是正式的散文，或是臉書的發文，往往會得到海嘯狂潮般的反應。洋芋片，或許是僅次於泡麵，能夠深深激盪人心的食物。

關於泡麵，我曾做過的一件「傻」事，就是照譚敦慈的教法，健康地吃。好像是把泡麵先泡水，水瀝掉後，再泡再吃——這樣的結果，泡麵吃起來，完全就不泡麵了——就算健康，當泡麵不再是泡麵，我又何必吃它呢？洋芋片要健康吃，過水自然不行，但可以用吸油紙吸一遍再吃——我想，那應該會很接近我的「健康泡麵的震撼教育」。

偶爾與朋友聊天，說老一輩總是很訝異，我們這一代受「養生聖經」影響的程度。到下一代應該會更嚴重——在超市裡，我就看過，有爸媽丟什麼到推車裡，都被小孩重新撈起來上架，小孩還會很憂傷地說：「媽媽（爸爸），這些東西真的很垃圾。」這小孩的食育頗成功。

高熱量又帶來情感支持的食物，有個特別的稱呼，叫做「安慰食物」，對健康未必是好的。

事實上，如果一天只吃一兩片洋芋片，應該沒有大礙，不過，有這種定力，相信一片洋芋片都不吃，一定也做得到。

我看過最搞笑的一件事，是在巴黎某超市，把洋芋片放在「蔬果區」——嚴格來說，又不算錯，馬鈴薯是根莖類蔬菜，但我真的不鼓勵這樣減輕「洋芋片罪惡感」。

看到一則關於品客洋芋片的報導，稱因為洋芋成分不足，被判定並非「真正的洋芋片」——什麼？那我們吃過真正的洋芋片嗎？

《食物情緒大解密》這本書已經絕版，但我在書店翻過，相當有趣。如果我想吃洋芋片，通常代表我的生活節奏出了問題。就像地獄的層級，洋芋片是第十八層——最好的辦法，是連第一層也不要下。否則，到十八層是很快的。

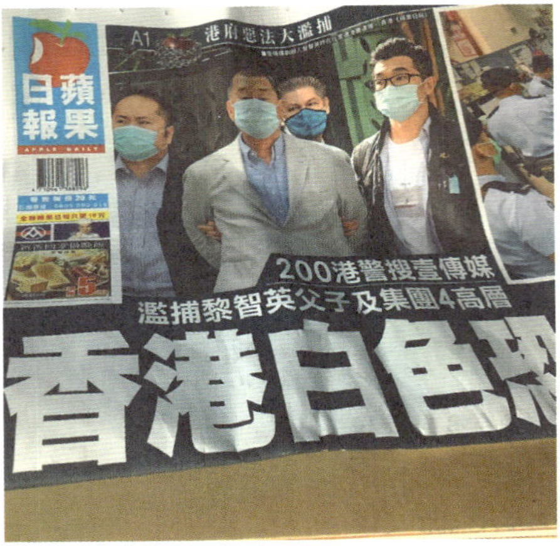

081

蘋果的日報

那是立法院準備通過同性婚姻的同一天，在立法院附近，我在讀森村泰昌的《請回答吧，藝術！謝謝你說看不懂》，一本與四周情景很搭的書：涉及藝術中的性別與扮裝主題。後來書看完了，與現場的年輕人隨便聊天：「未來最要緊的問題，就是『反送中』了，妳知道什麼是『反送中』嗎？」我說知道。我又不是不看報紙——說是這樣說，我看的已經不是報紙了——這裡的意思是，就算在網路上，對於所謂「大事」，也知道要注意。

但我有另一個本性，是對所有新聞都漠然以對。到現在，還有很多流行語，我知道意思，不知道怎麼來的——因為專心自己的事時，整年不看新聞也行。對台灣報禁的解除，我很有記憶。高中時還和同學一起到街上，賣過新成立的報紙。對報社的一些事情，也有所聞。長年報禁造成台灣新聞人才的斷層，使得即使是本土的報媒，也要借將——自然弄得一團糟。人才培養非常需要時間。

幾乎從來不買蘋果，也不買報，不買蘋果是因為不贊成花俏與煽情——這部分，我老派得不得了。法文報看《世界報》——報上刊彩色照片或藝術作品，那很可以，刻意花花綠綠，沒有意義。

但還是特地買了幾份二〇二〇年八月十一日的《蘋果日報》。第三版是周庭被捕的新聞，以及何韻詩「買股相挺」，以及港人說，為了撐蘋果，「就算印白紙也買」。

其實不過是不到一年前的事，卻感覺非常遙遠。可能是因為那是個巨大的傷害。

關於香港的變化，仍然有太多事情，難以消化。幾次看黎智英的發言，我都相當動容。雖然我不是那種完全不變通的「死守原地」派，但一個人願意與一地共存亡，絕對需要勇氣與原則。香港就是因此而美麗。

「凌晨即起，起床就查黎智英新聞，看到交保，有點放下心來，但又沒有那麼放心，不知未來如何。周庭也交保——這不是誰交保的問題，而是誰也不該被帶走。」——八月十二日的日記有這幾行——看起來，對種種發生，也仍然難以消化。

082

肥皂平凡乎

去年到今年用過的肥皂，應該比此前一生都用得多。

肥皂的台語叫雪文，從來沒很注意過它的存在。除了國小美勞課，有次要我們用肥皂雕刻，我因為一直雕不來，還因此遲交。帶著雕的不知是什麼的怪東西，窘窘地找老師補打分數。

小石年紀小時，洗手我都會在門邊監看。有次他得意地說：「妳不用看我啦，這裡很安全啦。」話才說完，肥皂直接從他舉起的手溜進袖口，又從袖口降落衣服裡的不知何處——他一張臉就像卓別林的電影一樣。餐廳提供的肥皂有點迷你，但肥皂那麼滑，還真沒想到。只拿來洗手，好像大材小用了。

原先都用洗手乳，因為聽說肥皂洗手的效果，比洗手乳好，回頭去買肥皂。有陣子超市也缺貨，一般的肥皂沒了，只剩下強調美容護膚的——這時誰還講究護膚啊，清潔才重要。

《骸骨花園》這本小說，整本有個重點，就是「洗手是怎麼來到這個世界的」——從前，連醫生都不知道要洗手！很多孕婦因此死於醫生傳染的病菌，提議洗手的人，還會被當成異端。由此可見，醫學也是慢慢發展，甚至是從無知開始轉化的。

肥皂水吹出的泡泡，對人類世界的影響也很大。

肥皂泡的「極小曲面」，是物理學家與數學家都關心的主題。烏倫貝克在得到數學獎阿貝爾獎時，新聞標題就說她是「研究肥皂泡的先驅」——這是因為科學界有「肥皂泡理論」。

吹出來的肥皂泡泡，在拉出不可思議的透明薄膜時，令人想到蛛網——不知道該說它們是強韌或脆弱。據說液晶螢幕，與肥皂泡的科學研究，也有關係。

《資生堂的文化裝置》談到肥皂的部分不多。留下的文件中，既有對日本肥皂自豪的說法，但也有這樣描述日產肥皂的紀錄：「香料的使用也十分單調，就像是在麵粉裡混入香料一般的香皂，平凡無奇。」新開的肥皂確實有新香，會令人特意聞上一聞，但每回洗手都要聞肥皂的人，應該不多吧？

各位使用的肥皂，平凡無奇嗎？

083

口紅的人格

在東京地鐵裡，偶遇在巴黎的舊友，聊了幾句，我忍不住道：「妳的妝畫得真好。」這是我誠心的讚美，但事後有點擔心，不知道是不是不該這麼說。化妝應該有兩派，一種是極願明目張膽，一種大概追求偽素顏。對後者，就不能說「真會化妝」，因為後者的靈魂在於「看不出有化妝」。

我有個好朋友生得還不錯，對不化妝一事非常驕傲，甚至會對化妝的女生口出鄙夷之詞。這種對化妝的輕蔑，並不是因為重內涵，而是認為，化妝使單純顏值的競爭，不再具有優勢——需要看臉嗎？任何臉都可以畫出來。雖然對方跟我蠻要好，我還是覺得這種矜誇，極不可取。我不確定，我是不是因為這個緣故，自動把自己劃到「化妝派」門下。

我對化妝的女生向來很有好感。如果化妝又化得不好，除了好感，還常會心生憐惜。不管是粉不勻，或眉線怪，那多半是辛苦的人生——有次我對一個年輕小說家說：「我有點不確定，妳臉上綠綠的那塊，是怎麼回事？」其實用不同色粉調出理想的膚色，那是很高段的化妝術了，只是那次她剛巧失手。

雖然樂於入列「反自然」的化妝一族，我的化妝術應該屬於極簡型。連畫眼線的程度都還沒到——但我很喜歡搽口紅這件事。

我有四支比較重要的口紅。一支是在香港的莎莎買的。一支是我小舅媽送我的Dior，一支是某送我的Chanel。我小舅媽是一個超級會送東西的人，她送妳東西時，會讓妳覺得「她很懂妳」。收到Chanel，我更是高興得發瘋——口紅只挑色還是不行，品質好的口紅，搽的時候就很有快感。這兩支我通常用來「戴上我的工作面具用」——我很愛我的工作人格，搽過幾次Chanel後，我還傳簡訊給某，說這口紅讓我「連口才都變好了」。

後來我自己又買一支，是為了跟工作人格有所區別。因為我是女性主義教育出身的，工作時即使不兇，但有保持硬度的自我要求，從上了口紅開始，我就不會是個容易繳械的女人。但我不是只有那種時候，所以，我又給了自己一支口紅，專門在「我很休閒」的心情裡用。

最好的口紅其實還是性——那種時候，我瞥過鏡子，那種光澤欲滴，口紅恐怕還是很難企及。

084

它該當何物

記得是夏宇把「蛋盒」寫進詩裡過——這種情懷，當所有名為包裝之物，脫離了它們的任務之後，它們是什麼？以獨立的眼光來看，它們都有形式，有質地——那麼美，還有，那麼佔空間。

對於所有具備「近原形」的物，我都有種迷戀，因為它們好基本：紙箱，箱子產生過多少文學啊。紙板，這之中有多少隱喻啊。有天我發現我手上拿著包裝繩傷神：讓我們想到結繩記事的繩子，可以丟棄嗎？

小石還不會走路時，用幾個小盒子就能哄他玩，讓他把內盒抽出外盒，再順進去，他就開心得不得了。後來他長大了，我沒意識到，又給他一箱小盒子。過不多久，他捧著盒子來問我：「這些垃圾要丟哪裡？」什麼垃圾！過去你與它有過多少風雨多少情！確實，轉換眼光後，不少「物的元素物」，就是一般說的「垃圾」。

看過一些雜誌，裡面會展示各種回收再利用的魔術。比如用不要的舊雜誌製成的書架——我明明很不是手作的料，也想東施效顰。我應用其原理，製作出傢俱過。但嚴格來說，這真是誤入歧途——這類「化腐朽為神奇」需要天份，也需要時間與體力。我記得絲襪可以再利用，所以把破了的絲襪留著，但從讀到文章到絲襪終於破了，可有段時間。結果我完全想不起來，破絲襪究竟可以轉世成什麼令人大吃一驚的神物了。

想來我還是該放棄這個路數，老老實實上IKEA的網站就好。尚未轉世的包材，就交給回收，彼此各奔東西。粽子吃完了，這個當初不知道會一起到來的三角盒，還在我心上徘徊。丟：這三角包裝多麼別致，還有提繩……。不丟：留來做什麼？收納盒還不夠多嗎？擺放一些秘密武器……，很有Fu，但我根本沒有什麼秘密武器啊。

目前它就如同我的敬亭山，在桌子的一角，反覆啃噬著我對此物「該當何物」的好奇煩惱心。

085

祖宗的容顏

這張照片，對我本人來說，沒有太大的意義。不過，我知道他對一些人有意義，所以我弄到這張照片，請照相館修復，存成幾張光碟，分送給會想要這張照片的人。我既然賣了力，所以也給自己一份——是「見者有份」的意思，但並不知道我為什麼留。

這人是我血緣上的爺爺，姓顏。但他是個很早逝的人，我從來沒有見過他。我試著問過一些他的事，但從來沒想過要照片看——可能以為照片並不存在。因為幾乎對他一無所知，問起來也不得要領，只能先從「他帥不帥？」問起。「哪裡帥啊，跟我們一樣，矮矮的，」但我阿嬤嘆口氣再說：「可是他人真好。」

關於他人真好一事，我的一些親戚會說，是因為他走得早，阿嬤在記憶中不斷美化了。另外和他有血緣關係的，也是我送照片的對象，我想他們會認為，那都是真的。偶爾我會把照片拿出來看，想：這就是所謂的祖宗了。

我阿嬤在世時，我還會接到從福州打來的電話，年紀很大的人，問候這問候那——對熟人我都未必會說我與我父母關係極糟，更何況是對連見都沒見過的「親戚」。但說也奇怪，在電話這一頭，我突然變得非常「中國腔」，脫口就道：「托您的福……。」

我竟然會說「托您的福」這種古裝劇裡的話。對方也很動感情：「來玩啊來玩。」我就說：「一定啊一定。」我也不是說假的，那就是個氣氛，在那個氣氛裡，什麼都是真的。但是掛了電話，氣氛就沒了，我甚至不知道那人是誰。我阿嬤可能解釋過，但也沒有認真要我記的意思。

與跟只在照片上見過的人，連這種一時的氣氛也不太可能有。

死亡注定帶來距離。努力並不能克服茫然。

照片裡，他穿的衣服是厚的，打了領帶，頭看起來很大，沒法驗證「矮矮的」那個形象——因為是修復的照片，臉色明亮很多——也不知道實際上是如何。但這就是所謂的祖宗了。為什麼我會那麼順口地說出「托您的福」啊？我仍百思不得其解。

086

櫝與餅乾盒

年紀小的時候，驚嘆成語用來罵人與回嘴的用處，所以抱著成語辭典，學得很勤。「買櫝還珠」是成語裡面，我特別喜歡的一句。曾經在拒絕某事上，用「請讓我買櫝還珠即可」婉拒。

櫝是用來裝珍珠的木頭盒子。成語出自《韓非子》，普通的用法是罵人「不知輕重，行事顛倒」。簡言之，是說「只要珍珠盒子不要珍珠」的人是笨蛋。不過重看原典，真正在批評的是導致「買櫝還珠」這個行為的「賣家」——但漸漸變成認為「買櫝還珠」是買家的不對。改寫的一些小故事，對「還珠」的鄭人「還」的過程，加油添醋，簡直擴充成電影了，說這鄭人「走了幾步又回頭」——在原文裡，其實只用了「還」這個字。被退還的珠寶還可再賣一次——如果說不擅長「賣物」，現代的商家恐怕不盡同意。

格林童話裡有個段落，說到測驗孩子犯錯是否因為天真，就是讓孩子在蘋果與金幣中選擇，因為孩子選了蘋果，所以相信是無辜的。價值觀排序的問題，在多元社會中，更為常見。《聖經》裡說，「不要把珍珠拿給豬」——可後來我看過一個說法，很覺悽惻，意思是「要把珍珠拿給豬」——但提出這說法的人，並沒有要讓人悲傷，我覺得悽惻，是因為感覺那是種聖徒作風，但聖徒本人應該不覺得哀婉。認識既定價值並不夠，破壞價值的固定排序，也就是我們說的叛逆，對精神的開拓，始終都有重要性。

好像講了一些大道理，現實中，我會「買櫝」，不外乎「喜歡餅乾盒子勝於餅乾」。有時我很想，找到專職的誰，負責幫忙，在這種情況下吃掉餅乾。盒子裡的東西並不壞。——不過，再細細想，如果這些盒子完全沒裝過零食，它會一樣有魅力嗎？「裝過」某物這一件事，一定還是在它們的魅力上，扮演過一定的角色才是。

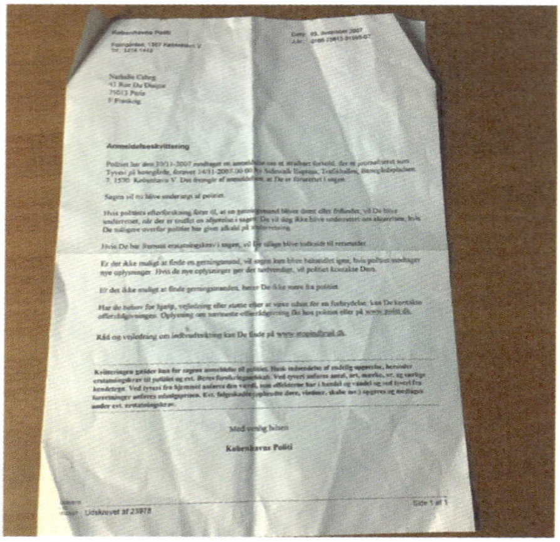

Anmeldelseskvittering

Sagen vil nu blive undersøgt af politiet.

Er det ikke muligt at finde gerningsmanden, hører De ikke mere fra politiet.

Med venlig hilsen

Københavns Politi

Side 1 af 1

087

失竊報案信

失竊很惱人，報案則可以稍微緩和痛苦。——妳的損失被承認，別人的犯罪留下紀錄——雖然以失竊來說，都知道通常抓不到賊。

我在巴黎兩次被偷，都是在戶外。一次是一個外省的法國朋友說要跟我一起在巴黎跨年，我們因此到了巴黎鐵塔附近——如果不是被竊，我覺得我會根本記不得，我竟然還跟人跨過年——也不知為何我會陷進這種狀態——他就是一個普通法國年輕人。我餓了就自己去買可麗餅，忘記他要不要了。總之，在可麗餅的攤子前，眼睜睜看著兩個男人扒走我的錢包，我跟在後面追——後來想到，就算追上了，也搶不回來，我才放棄。

後來接受我報案的是個女警，她說，喔，千萬別追，太危險了。第二次是在地鐵，也是兩人作案，不過是兩個女生，好像是因為假期的關係，鎖了提款卡的第二天，我要出發去英國，整個感覺非常完蛋，還好後來鄰居借我錢，才不至於一切泡湯。

等到第三次被偷，照說很習慣了吧？也並不，因為換了個人生地不熟的地方被偷。那是我在哥本哈根的最後一天，再過幾個鐘頭，就要上車回巴黎了，與前兩次類似，一人找我幫忙，另個人偷——有幾件衣服和一半的小紀念品，特別去哥本哈根的女性主義博物館挖寶，寶全沒了。總之，我還去哥本哈根的警局報了案——我印象最深刻的事就是，沿路各種丹麥人，都全力護送我去警局，沒人說：算了，找不回來的。

提款卡被偷，一定要有報案紀錄給銀行，但提款卡還在，這種報案就是「象徵勝於實際」。後來在巴黎還接到警局的信——全是丹麥文，全部看不懂。可我猜想大概就跟在巴黎收到的報案紀錄差不多吧？

回巴黎馬上有各式各樣的事要忙，沒有心力搞懂內容。但這封警局來信，取代了原本的博物館紀念品，成了另一種旅行紀念——那是關於旅途中，風霜、狼狽與不爽的那一面。那也是旅行，那也是經驗。

088

真空保溫瓶

其實我不是很懂真空保溫瓶或是燜燒罐之類的東西，但每次看到，都會有點有感觸。

我阿婆病重時，我到醫院看過一次她。我媽買了一個這個類型的東西，給我阿婆。在她的病榻旁，我媽反覆誇獎保溫瓶，說「這是最貴的，這是最好的，這是日本製的喔。」

我聽了很生氣，差點沒開口斥責我媽，妳這個不孝女。哪有人買東西給媽媽，一直強調東西很貴。也許後來我有質問我媽，為什麼買東西給阿婆，一直囉嗦說那東西很貴。一般我們送禮，最要緊就是把價錢的標籤先撕掉，倒不是為了不給知道價錢，而是因為禮物，就不是貨物。記得當時我被我媽罵了一頓，她的意思是，對老一輩的人來說，只有貴的東西才表示是好的。當然要告訴阿婆，買給她的東西，是買最貴的。因為我沒認識太多老一輩的人，所以我想，也許有道理。那年我大概二十歲。

只是她未免也說太多遍了吧？可見母女之間，嚴重缺乏話題。有次我忽然問我媽，阿婆會寫信給妳嗎？她說，會啊，寫信來都是罵我的。後來我就想，難怪我媽寫日記，只要寫到我，也都是罵我的話。她的日記都不正式，常常用的是用過一半的記事本之類，一不小心就會翻到。

她在她的家族中也有不孝的名聲，我通常不為所動。因為我也是吃「西方那一套」，任何關係都講求平等與真誠，所以我即使偶爾會說「真不孝」，也帶有戲謔意味。有一次又聽到其他人講她不孝，我有點想到，她挨在床邊，反覆報價的樣子，我就稍微回嘴了，說她「應該也還好啦。」其實好不好，我不真的覺得關我的事，「感情是絕不可能勉強的」。

在送禮這件事上，態度應該謙和或實在，真是一門學問。有時我會收到禮物，對方會說「這我自己不喜歡」或「這我用不到」──如果了解對方，就會知道，那未必是真話，而是為了不要讓對方有收禮的負擔。那是我媽保溫瓶表達的反面──不過，也許兩者的心意，都是好的吧。

089

世上的鴨子

有回玩普魯斯特遊戲，我被問到，最喜歡的動物是什麼動物？我毫不猶豫地答道：鴨子！眾人有點吃驚，一來是通常被問到的人會抉擇一下，二來鴨子不是常見的答案。與我很親近的朋友，看到鴨子一定會叫我去看，而且還會說：「鴨子來了，快來合照。」因為知道我真正是鴨子控。

安徒生寫「醜小鴨」，詩句裡有「春江水暖鴨先知」。還有「鴨子划水」——當然最有名的可能還是沙林傑《麥田捕手》裡，紐約公園裡的鴨子——十六歲時讀到，一輩子都忘不掉那種震撼。那些人們不關心的事，誰來關心？——這是剝除詩意的講法——還是小說裡隱喻性的句子最好。

不過，我愛鴨子的真正原因，與上述「鴨文學」沒什麼關係。而是因為我小時候，跟我阿婆，去看過一次鴨子。

我跟我阿婆不親，因為她住在中壢鄉下，我只有坐火車「回中壢」時，才會看到她。我阿嬤會煮我愛吃的東西，還會幫我做衣服，那是幾乎不需要了解就能成立的「祖孫女」關係，但我阿婆就不是。我對她的第一個記憶，就是她（相當嚴厲地）批評我畫的美人不夠美。不過，她跟我說過，我們祖先曾經打敗法國人（我不知道是不是真的），一個五六歲的小女孩，被灌輸了這種觀念，難怪會覺得去法國沒什麼好怕吧？

她對我來說，是個沒頭沒腦的存在。有一天，她突然跟我說：「帶妳去看鴨子。」

我就跟她到了海邊。

我們看的不是三三兩兩的鴨子，也不是十來隻。在我的感覺，那是「成千上萬」的鴨子——但應該沒那麼多，也許是幾百隻吧。鴨海與大海——如果我再看到一次類似的場景，我應該會哭吧，那是一種近乎神性，無比壯闊的經驗。阿婆是有秘密的女人，毅然地守著那種大自然中鴨子們的美感，就是她的秘密。這世上竟然有那麼多鴨子，那是幾乎令人喘不過氣的神秘與，大大的開放。

從此以後，我再不可能喜歡任何動物，更勝於鴨子。

090

媽媽的祖譜

這本祖譜是我媽塞給我的，我自己可能也有點興趣，因為從來沒親眼看過族譜的樣子。族譜對某些歷史研究可能有用。不過，第一次翻開時，覺得內容有點無聊，裡面都是人名，附上地址與電話，可除了我外公與舅舅之外，沒什麼認識的人，連我媽媽的名字都找不到——祖譜就是個父權父系的產物。

裡面還夾了個單張，看起來是把更有關的人抽出來放大，外祖父母是三十世，那我就是三十二世——看第二部分的世系表，二十四世標了「在大陸」，二十五世標為「彭家來台始祖」，這就是標題中「彭氏勳芝公」幾字的意思了。

雖說以父系為主，到三十二世時，看起來也有種「驟變」，很多女兒名列進去了，旁邊略仿照過去妻只列姓的略筆，括弧「夫黃」或「夫葉」。有些人名底下會註明「幼亡」，有好幾個。較特別的是還有一個，妻的名字旁邊註明「離家」。這也有點意思，我也想來給自己標個「幼亡」加「離家」。也有與日本人通婚的。還有過繼與立嗣的紀錄。媽媽這邊，有時姓劉有時姓彭，不清楚原因。

從小就聽說「楊梅老家」——祖譜裡的人，果然大批住在楊梅，也有明顯的一群住在高雄，花蓮、台北與新竹則是零星分布。我去過楊梅嗎？可能清明掃墓去過？祭祖我總是匆匆記一下火車站名或搭開車人的車。因為還要爬有點原始的山，有些人會提早去清一下山路。可那還是在很野的山中抓著藤蔓之類向上爬，我還買了雨靴。去了幾年就沒再去。家族中有非常靈媒性格的人，讓我媽很怕，雖然塞族譜給我，我若表現對傳統興趣缺缺，她反而是贊成的吧。

因為阿婆後來住中壢，還是覺得對中壢比較有印象，儘管口頭上，楊梅好像非常重要。祖譜裡有明確的祭祖日期時間與地址，但我從沒拜過「來台始祖」，只掃過外公外婆的墓——其實我也沒掃什麼，只是買花給他們，也不知道是喜歡買花還是喜歡祭祖。還有就是拍拍照。

091

幸福的偽書

朋友在前法國殖民地的小島上，寫信來問，可以寄什麼禮物給我。我回答，當地特色的鑰匙圈或簡史，兩者擇一。基本上，我對鑰匙圈十分感冒，這種紀念品捨不得用，會變成囤積物，可是更想方便朋友，覺得這很容易找到。對於當地簡史，我沒有抱很大的希望，因為朋友完全不知識份子——但有些觀光點還是會賣小本的簡史，所以我就試一下。

果然。應該是被誤會成我想要一本書了——看封面也知道不是歷史書，我苦笑了一下，覺得有趣，《幸福：一千零一個想法》——我打賭裡面會是配上「雋永文字」的「夕陽、花朵、貓與狗」，就先放到一邊了。

叫它偽書，並非貶抑——我與這種偽書，還曾有過一段歷史。我的詩啟蒙非常晚，還沒啟蒙就被送去比賽，因為國中新詩第一名的獎品是一本向陽一本洛夫，我才開始懂得尋找詩集——這個啟蒙雖然晚，但算相當不錯。國小有種課程叫做分組活動，我選了「朗讀」。後來老師要我們帶東西來朗讀，因為沒有概念，不知什麼東西可以朗讀，就找到了一本這種類型的「偽書」。

想當初，我對這種「偽書」曾經佩服不已。覺得這大概就是朗讀需要的詠嘆調了。等到會讀詩集後，小時候對「偽書」的驚嘆，就變成有點羞恥的俗惡品味記憶——但我並不真的覺得羞恥，因為任何事都有過程。就像學單車時有輔助輪，偽書常常就是帶著輔助輪的單車。

這本「偽書」比起我兒時的「偽書」，進步很大。最大的差異就是，所有的句子都附上了作者與出處——儘管把從歌德到赫胥黎的句子，一律作為保持幸福狀態的建議與準則，是對文學的某種誤用與簡化，絕不可能成為文學的代用品——不過，我也曾經十歲過。

我了解十歲的天真——這是我對偽書深感親切，甚至溫馨的原因。

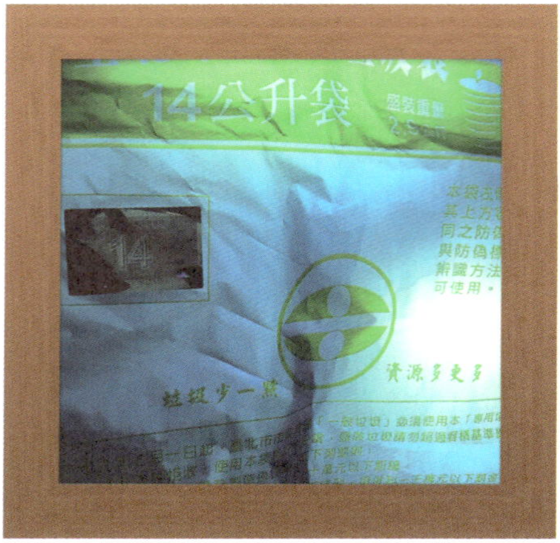

092

專用垃圾袋

二〇一九年，台北新北專用垃圾袋可以共用時，有則新聞比較了兩個城市的垃圾袋，有三種垃圾袋，新北都可以裝比較多。我沒有看到下文，不知後來如何。

差點以為專用垃圾袋到處都是藍色的，新北的是粉紅色。既然共用，當然最好統一尺寸——會去測量垃圾袋的人，還蠻特別的——畢竟如果日積月累，也會有頗大差異，而垃圾袋，就是一個日積月累的東西。

在巴黎住的大樓，有一個垃圾間，裡面有一個可以打開的洞口，垃圾裝在垃圾袋是從洞口丟。我住在四十幾層樓，想像中垃圾是從這個高度墜落，一開始會想聽到垃圾落地的聲音，可是當然不可能，垃圾要往下掉，必須把洞口的門向內推，門一關上，就什麼都看不到——倒垃圾的重頭戲就是推門，因為有點重。對垃圾袋沒有什麼規定，所以現在竟想不起來，最常用的垃圾袋是什麼樣。

專用垃圾袋用公升分大小，一開始我只記得五公升，買十四公升時，只會說「比五公升大的」，但比五公升大的就有五種，還好超商店員人總是太好，往往拿出不同大小讓人目測。我也常看到前面排隊的人有同樣的問題，就是說不出要的是幾公升。最小的只有三公升，但倒垃圾時，很少見到有人用。一般我是五公升與十四公升交替用。

台南市曾希望使用透明塑膠袋，因為有人在垃圾袋裡放了鹽酸，可能會危及垃圾清運與處理人員。但我看到要用透明垃圾袋時，吃了一驚——垃圾多是不好看的東西，雖然大家的垃圾也都不好看，但提著可以看到垃圾模樣的垃圾袋上街，恐怕得克服心理障礙。

看到垃圾袋，會感到安心，因為倒垃圾，就是「讓我們生活吧」。

專用垃圾袋是一個稅收的概念。透過買專用垃圾袋，交垃圾處理費。沒有垃圾的人，就不用買垃圾袋也不用交稅——透過這個方法，鼓勵垃圾減量。不過，完全沒有垃圾的人，不知道是否存在。

093

咖啡的意義

咖啡簡直就像我生命的中心點——就連我阿嬤都愛喝咖啡，她會跟我說：「嘿，來一起喝咖啡吧。」她過世後，我還是不能不喝咖啡，但早上從對著咖啡杯就開始哭。再也不能跟阿嬤一起喝咖啡了。對我來說，死亡的具體性，就從咖啡開始。但是所以會對某人的死亡有如此強烈的感受，唯一的原因是愛。不愛，死亡就沒有任何力道。

無論在什麼狀況中，早晨的第一杯咖啡總是香的。寫稿時間長的唯一好處，是在那種時候，我會破例讓自己享受一天當中的第二杯咖啡。有次聽中國的作家說，中國有些地方的咖啡是假的，用的是綠豆粉——這種事對我來說，是可怕的災難。雖然一般旅遊的地方，找到好喝的咖啡並不難——但保險起見，我通常還是會隨身帶一些濾掛包，因為沒有理想的第一杯咖啡，整天會亂套。

沒有什麼事，比與所愛的人一起喝咖啡，來得更美妙的。和一個人一起喝的咖啡越多，關係大概就越好——對於吃飯，我的感情就比較淡薄，但是常一起喝咖啡的人，感情一定是好的。據說我的姑姑們曾非常擔憂，覺得我是一個孤僻的人。可是當我開啟關於咖啡的記憶，想起我曾和那麼多喜歡的人喝過咖啡，就讓我覺得，我怎麼可能算孤僻呢？

論造型來說，我最鍾情的應該是義大利的摩卡壺。峰大咖啡的咖啡杯上，還會畫著美麗的摩卡壺，讓我一整個傾倒。我喜歡的摩卡壺，上面不要有任何圖案，必須最簡單與最「標準」。摩卡壺有點學生氣質，很多人甚至旅行都會帶。

坐著看親愛的人用摩卡壺，煮兩人份的咖啡，成了與歡愉，強烈的連結。往後，只要看得到摩卡壺，我就彷彿可以看到，如同命中紅心的幸福與暗示。

094

誰該養路燈

我住的巷子裡的路燈，固定每天早上六點時會熄滅。有時候，我剛好看到它熄滅的瞬間，感覺十分神奇。

倒是沒有見過它正亮起來的時刻，可能因為傍晚總是忙碌，沒有那麼注意環境裡的各種事物。有天晚上它壞了，我感到有點不安，但似乎隔天就修好了——路燈不會長期壞掉，這是現代化城市的條件之一。

從城市到鄉間，或從城市到另一個城市，明暗感的變化，往往是第一道衝擊——對一個地方是太亮或太暗的感受，往往是比較得來的。除非停電，城市似乎從來不會一片黑暗。長榮大學馬來西亞女大學生遇襲被殺案後，路燈不亮的問題，一度成為焦點。走路的時候會看路，但通常不會看路燈——每盞路燈都有獨一無二的編號，像門牌一樣。它的用處不只是照明，如果要報案，路燈號也能幫助定位——我不記得讀書的時候，有人教過我們這件事。

《台灣之光》這本書，列出了台灣的六十盞特色路燈，宜蘭有青蔥造型，南投有貓頭鷹造型，花蓮有金針花路燈——我一個都沒看過。有些城市的路燈做得優美，旅途中瞥見，確實會感到驚喜——不過，我目前對路燈的關心，比較形而下。

彰化與蘇澳都出現徵求「路燈認養人」的消息。想用慈善的方式解決路燈經費困難的，還有許多地方。宗教情懷是推動認養的因子之一，有希望民眾從點光明燈的習慣延展到認養路燈，基督教會則將此結合了「為街道禱告」的運動。認養路燈而得以在路燈上貼文，目前看到的字樣都還沒什麼爭議，「我愛羅東，願你平安」——不過，路燈快沒有「政教分離原則」了，這不能不令人思索。路燈還是公共建設嗎？

有些地方的路燈太少，或者花不起錢開燈。但有人指出，也存在濫設路燈搏選票的浪費事例。

走到哪裡，都有一盞路燈，這是好的。不過，我們想要哪一種路燈呢？

095

蚵仔麵線紅

我從小就不敢吃蚵仔，在夜市會請老闆給我「不加蚵仔的蚵仔煎」。麵線據說是因為北部的關係，多半加大腸，嚴格來說是「大腸麵線」。有時還有「清麵線」可選，但不管是哪一種，還是習慣稱呼並感覺「吃一碗蚵仔麵線」。肉圓、臭豆腐與蚵仔麵線——我最喜歡蚵仔麵線。

如果到西門町，就會站著吃一碗阿宗麵線，逛夜市時，沒有吃碗麵線，也會覺得對不起自己。

人在國外時，禁止所有的朋友在電話裡提到這四個字，因為聽到別的我都還可以，聽到這四個字，就會無法忍耐，覺得人在沒有蚵仔麵線的國度，實在太過可悲。其實聽說巴黎也找得到吃蚵仔麵線的地方。但在異國吃蚵仔麵線，一定會想念台灣，所以，我根本就不打算嘗試。

回來台灣的第二天就開始以蚵仔麵線為早餐，整整吃了快一星期，後來自己覺得不可以太誇張，才終於停止。

蚵仔麵線不方便的原因，在於不太能加蔬菜，儘管有些會加筍或芹菜，但不能加什麼會破壞麵線本身美味的東西。因此，一般不能作為正餐。如果哪裡發明了麵線套餐，我想我一定第一個去報到。它最好吃的部分就是麵線，又叫紅麵線。並不是因為加辣椒，所以叫紅麵線。蚵仔麵線的麵線，第一眼並不會讓我想到是紅色，我通常認為，那就是「蚵仔麵線色」。

最早吃麵線，是巷子角固定地方會有小推車出現，拿著小圓便當提筒，下樓去買。印象裡，加的不是蚵仔，也不是大腸，而是貢丸。我連賣麵線的女人的臉都還記得，不知道是不是因為太常去買的關係。

如果有一種食物，我願意「活到老，吃到老」，那就是蚵仔麵線了。

無論台語程度好或壞，幾乎大部分的人都發得出 ô-á-mī-suànn 這句台語

——只要說到它，就會自動切換到台語頻道，我不知道為什麼——但是，事情就是這樣。

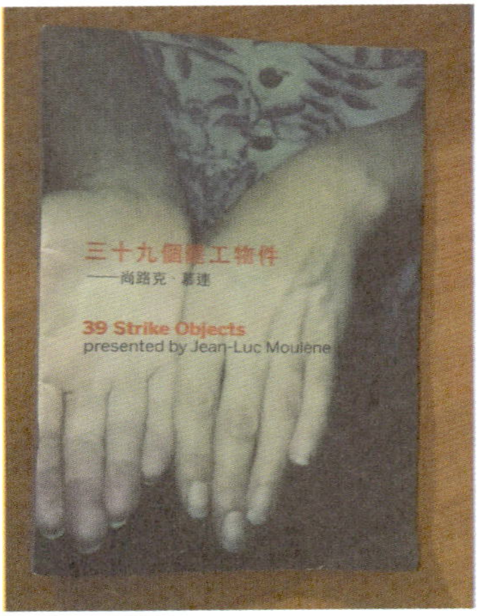
三十九個罷工物件
——尚路克．慕連
39 Strike Objects
presented by Jean-Luc Moulène

096

罷工伸展台

封面連封底，它一共八十二頁，拿在手上，比一份報紙還輕。左文右圖，如果不讀文字，通常不知道圖片中的物件代表了什麼。二〇一六我在北美館拿到。「台北雙年展」的展品。

《三十九個罷工物件》的形式就很尖銳。美術館通常有一些聚焦展品的固定作法，展品會佔據空間，引導視線，或是以聲音訴說——但這個作品顯然不想留在美術館，它是讓妳帶出館的。

年輕時代，我做過記者。有次在一個勞資談判的會議裡，我混進女工群中——工運的領導人，非常銳利地看了我一眼——他不太知道該怎麼辦，我覺得他知道我不是女工。他遲疑了一下，決定不攔阻我。照理來說，這是非常難得的經驗，置身於那樣的現場中。但很諷刺的是，我現在什麼都不記得了。當時我沒有足夠的背景知識，可能是其中一個原因。另外，我也了解，如果沒有特殊的記憶訓練，其實是沒法有效保存這類低度發展的記憶地。這或許是《三十九個罷工物件》，找到組合與散播脆弱記憶的做法，使我感到如此強烈認同的遠因。

自由娃娃、抗爭鞋、團結香水——大部分的罷工行動，都沒有取得重大的勝利，提出的訴求也常未被接受。但《三十九個罷工物件》並不膠著在勞工運動的敘述中，這些物品曾被製造出來，用來表達訴求，爭取支持，或是募集法律救援行動的資金——這些隱含自我支持與進行溝通的創造，本身就是對社會的批判。它們應該被凝視、思考，在更理想的狀態中，成為知識的火把。

在這裡，有最後導致十名囚犯死亡的愛爾蘭「污穢抗議」，也有「賣出一萬個團結香水」這樣令人眼睛一亮的成績——每次當我看到時裝秀的伸展台，我都會想到，應該用它來做更有趣的事——《三十九個罷工物件》，可以說，就是一個奈米型的伸展台。

物已不存

097

消失的裙子

現在，我要寫的，是本來會放在最後的物件。它是我為什麼會有這個「感情百物」計畫的起點。

在長期對抗自殺衝動的某一時間點，我覺得堅持不下去了。我決定自殺。事實上，在進入準備期之前，大概有一年的猶豫期。

或許有一些客觀的因素，有其作用。我獲知一個對我非常重要的人物的死亡，用我朋友的話來說，「他就像妳真正的父親」。我用加倍工作轉移悲痛。結果在工作上突然獲得某種晉升，使我與一些人的關係變得遙遠。遺棄使我痛苦不堪，但我不能做一個我不是的人——總之我就還是嚴重崩潰了。而以往用來把自己「拉起來」的辦法，都不奏效。而我通常能夠「倒下三天就站起來」。我打了生命線——「如果一個人太弱就必須死，這在哲學上是我完全不能夠同意的，我一直都反對這個東西」——說理我真是頭頭是道，但我認為，我是「比太弱還弱」，就算道理說不通，處決還是必須進行。自殺也是，變得不講道理。

下定決心後，第一步是技巧地斷絕聯絡。都打算自殺了，欺騙就不算什麼。與人接觸會軟化決心，撤離必須做得非常好。我每天真正在做的事，就是把東西送掉。因為我想「真正乾淨」。

衣服不能一開始就處理掉，在準備的時間裡，我還是需要穿衣服。輪到處理裙子的時刻，我突然不像之前那麼冷靜。湛藍色的裙子，那時晾在一個高處等待收起，我想起發現這件裙子時的歡天喜地，想起那個會買裙子給自己的自己——我直接與反對自殺的我對撞。我哭了。

但是我還是把裙子送掉了。死意可以如此堅決，那是沒有進入過的人，不能體會的。後來一些橫生枝節，怎麼把我從自殺的路上劫走，那是另一個故事。

自殺算是對自己失約嗎？

裙子或許也具備了承諾的輪廓，從過去追上來，請我不要辜負從前的自己。不能說，一條裙子就能改變自殺者。但消失的裙子，像是某一種「行死記錄器」，記錄了「意外」發生前，準肇事者，忽然變化的心理表情。

098

一個sousou杯

起心動念想買一個搞笑政論節目的贊助商品。像所謂「按讚、分享、小鈴鐺」這種事，通常是不做的，因為我是一個冷漠的人。不過，一旦心裡累積了一定程度的好感，我也會想表達支持。

節目很有創意，可是贊助產品結果不太行啊。我在心裡打滿了問號，後來轉念一想：如果團隊在設計上非常厲害，他們就不會搞笑，而是變成廖小子或三宅一生了。

所以說起來，就是術業有專攻。不過，為了支持而買的「贊助商品」，有時質感也超出想像。我印象最深的是保育石虎與保護傘餐廳的T恤——後者的價格比一般表態商品貴了一兩百元，當時我有點吃驚，不過穿了以後，卻覺得物超所值，比一般T恤還舒適。「贊助商品」超出「贊助」，在實用與美感上也令人滿意，這種皆大歡喜的狀況，其實是可以追求的境界。

懊喪下不了手買贊助商品，我把這個sousou杯拿出來審視。幾年前，sousou在台北展出時，我人在外縣市，一到台北，還沒回家就直奔現場。第一次在網路上，看到sousou，第一反應是，阿拉伯數字我也會寫，我是不是該自己寫一寫就好——但瞬間就知道寫不出——設計並不是點子，而是更全面與細節的處理。後來看過其他「致敬」（？）的作品，寫ㄅㄆㄇ的，寫ABC的——得其形而無其魂，原來好設計幾乎不怕抄——因為嚴格來說，抄不來。

這個紙杯應該是現場買咖啡得到的，我特地留下來，為的是可以不時放在眼前思考。一直以來都是個空杯，但前陣子開始想可以拿來裝小東西——我買的sousou多半送人，雖然也登入了sousou的日本網站，但尚未透過網站訂貨，只想有朝一日要去京都朝聖。

環境裡都是sousou，未免單調。但是有一兩個sousou，是令人愉快的事。

日本的好設計非常鼓舞人心，因為在歷史上，「日本製造」也曾粗糙得令日本人掩面——所以，在讚嘆其優雅的同時，我們也不需要妄自菲薄。

099

記憶中的鐘

我做小孩的時候，讀過狄更斯的《遠大前程》。

小說裡有一景，是被欺騙的婦人家中，所有的鐘都停在同一時刻。鐘不再走，不是因為沒上發條，而是刻意為之，真是鬼故事般地教人驚駭。我上大學的時候，搬出來一個人住，我阿嬤來看我，還帶給我掛在牆上的鐘——我微微吃驚——阿嬤不太買什麼東西給我，因為她認為年輕人的世界她不懂。有年給了我一個HelloKitty刀叉組，還是託還是少女的姑姑，幫忙選的。

鐘錶情結，有點家傳——有陣子，我阿嬤搬回豐原，我媽大概同情我想念阿嬤，想念得不得了，就帶我去看阿嬤。早上醒來，阿嬤問我「會看時間了沒？」我說不會，她馬上三兩下教會我看時間。又問我「會吹泡泡沒？」也不會，她就給了我口香糖，教我吹泡泡。為什麼要具有吹泡泡的技能，至今我仍不明白。但早早學會看時間，倒真是一輩子難忘。

我對鐘胡作非為過。每天練琴一小時，到了五十七八分的時候，有時會疲懶。有幾次，我就爬上桌子，把牆上的鐘取下來，直接對好數字。我媽有天對著鐘煩惱道：「奇怪，這鐘怎麼越走越快？」我發現我的「聰明做法」，傷害到鐘的信譽，就停止了——把時鐘依自己的慾望與方便撥動，這是兒童道德發展不完全的行為。

後來我還是會亂撥自己的鐘——因為讀書喜歡整點開始，如果兩點四十五分時想讀書，我就會把鐘撥到三點，但事後會撥回——要整點才開始，這也是偏執。

五分鐘一個單位，這是時鐘造成的習慣。第一次拿辦居留證的預約號，分到二十三分這類不在乎五進位的時間，簡直嚇壞了。如果有人跟妳約時間，約的是八點四十二分或十二點一分，能不著惱嗎？

電腦桌面的設定，我還是非常在乎要有鐘面。因為在視覺上，我習慣隨時隨地知道「我還剩多少時間」，而不是「現在幾點幾分」。

THE UNITED STATES OF AMERICA
100
A84791625 P
100
ONE HUNDRED DOLLARS
FRANKLIN

100

一百元美鈔

這是一張面額一百元的美鈔。我要離開台灣前，阿嬤給了我兩張，因為沒有打算要用出去，一開始，對面額甚至沒有很注意。

我一個法國好友要離開法國時，我給了他一張。因為覺得這有護身符的功能。給他的時候，我不斷婉轉地叮嚀，遇到任何困難的時候，要記得，你還有這張鈔票，你絕不會走投無路，如果萬不得已，鈔票可以拿去救急，看是需要什麼，把它花掉也沒關係。他反應很快，馬上道：「妳是怕我去賣淫吧？」我答道：「你知道就好。」

賣淫這件事很複雜。從歷史來看，奴隸或戰俘是它最早的來源。去日本淺草一帶看，據說特種營業區的建築，鑿河圍城，目的就是防止城中女子逃跑。很難說這種職業完全天然，它畢竟就還是有訓練與強塑的成分在——如果一開始訓練與強塑的方向不同，今天職業的面貌應該就會不同。當然，很多職業也有類似的成份，有些職業會消失，而覺得某個職業絕對不會轉化，心態上可能也太頑固。雖然存在賣淫是因為興之所至離經叛道而進行的例子，不少研究仍然顯示，某些社會關係的缺損或性暴力創傷，仍是進入此職業的推力——想要用任一種型態涵蓋全部，都有問題。

十三、四歲時，我身上帶著書、衣物與圓規離家出走。那時，我的打算就是要開始賣淫。我是不是真心的？是。但這是不是就是我最應該有的選擇？現在我當然不覺得。——這是為什麼，我認為在不歧視賣淫的同時，太快把這個職業視為理所當然，仍然很危險。某些國外少女賣淫的證言，都說到家庭氣氛的窒息，是使她們認為賣淫是出路的原因。

應該設計若干較和緩的代理家庭與社會監護制度，如果沒有這種選擇，很難判斷賣淫是不是「不當的過早自立」。現代國家中，養育兒童的，並不只是父母。兒童也是國家與社會養育的對象。只是有些兒童沒有被充分告知，所以不知道，父母對未成年人並沒有絕對的權力。我的美鈔來自我阿嬤，但我覺得，誰都應該有幾張備而不用的「感情鈔票」——如果有可能，也要把它分出去。

後記 我想做一個奇奇怪怪的人

我還想寫電風扇……，而且，襪子、梳子與小凳子，也還沒寫到——最後，我停止了自我折磨——我當初訂的題目叫做「感情百物」，可不是「世間萬物」啊。我現在已經很習慣會被問下一本書的想法了，如果是小說，那是什麼也不說，小說以外，就彈性。在一次跟瓊如與蕙慧姐碰面吃飯的路上，書名突然浮現。通常我的書名都是最後才決定，但這次相反，是先有了喜歡的書名。

把計畫說出來時，我確定會寫的東西，仍不超過十個。過程中，我還跟瓊如開玩笑：「妳是不是很擔心我寫不到一百個啊？」我跟她保證可以寫到，說起來，這是盲目的信心，但我覺得書寫好玩的地方也在於，當一個東西隱隱然出現時，就要開始，不會讓自己無盡地等待——我用一天一則計算，扣掉休息日，覺得一百多天後就可以寫完，但我比較喜歡在秋天出版，所以它對我來說，就是一個單純、愉快的計畫。

現在回頭看，對於它為什麼會誕生，想法才比較清晰——尤其是寫到一百篇的結語「把感情鈔票分出去」時，自己都嚇一大跳，那麼呼應主題，那麼總結：寫感情百物，我為的也是要「把感情鈔票分出去」——如果我是讀者，可能會覺得這是算好的，但實際上，決定寫那一篇，並不知道會寫出什麼，起筆只在於我覺得，要有一個與「貨幣」有關——提款卡、硬幣或支票本都「檢閱」

過，才想到我的「一百元美鈔」——我阿嬤與這本書也有淵源，主要因為她是半文盲，所以我很熟悉「只能以具體事物交談，太抽象就不行」的宇宙——李維史陀的書都出版那麼多年了，「文字不等於文明，甚至可說外於、害於也晚於文明」這樣的觀念，理論上應該廣為人知，但實際上當然還是未必——雖然我使用的仍是文字，但「改變文字的位置」的想法，應該也是某種「遠方的鼓聲」。

中間我曾發現一張中日對照的歌詞，應該是在蔡瑞月舞蹈社，為紀念白色恐怖而唱的，歌單與「陳欽生的白咖啡」一樣，考慮了很久沒有寫。後者是因為我無法確定是哪個牌子的白咖啡，前者是因為歌單的「物性」感覺不夠物——白色恐怖、舞蹈與推理小說，都是我原本希望「有一物代表」，但因我沒有掌握「夠物之物」，只好「暫且放棄」。

「讓物主導」的方法有其兩面性，它可以指向還沒文字的邊角，但「沒有東西的東西」就比較難寫——所謂「沒有」，未必是不存在，而是在此時此地，我本人剛好「沒有」。除了「讓物主導」，另一個原則是「讓感情主導」——換句話說，我想問的是「那個感情是什麼？」也就是說，我完全不打算進行知識教育，雖然這方面的百科都非常好看，可是我的方向是清楚與其區隔開來的。選物，既不是因為其居功厥偉，也不是只因為有趣，而是「關於感情，它們可以說些什麼？」

——在這個度量上，我也規定自己：可以文學，但不可以太文學；可以藝術史，但不可以太藝術史——這兩者對我都有誘惑力，「撐到一百物不把夏宇的詩集寫進來」與「克制想寫某藝術品的慾望」，是過程中，不時訓斥自己的句式——後者是因為書寫已有慣性，意見一向就多，但這等同「退回舒適圈」。

前者是因為，夏宇是「字物同體」（參考「雌雄同體」）的表率，會形成誘惑，也蠻自然。

在剖測上，盡可能做到不重複與不避諱——有禁忌成分的東西，我也寫了——但目標比較不是在寫「禁忌百物」，而是進入「感情的夾層」，這個部分，物能嚮導的低度，是邊寫才邊發現到的。算是很寶貝的收穫。如果要再加一點，對我個人的意義，其實只不過是「我想做一個奇奇怪怪的人」——我當然還是會寫比較不奇怪的東西，比如小說。但「做一個奇怪的人」，對我很重要，所以「我的奇怪系書寫」，我大概會讓它與另一線並存。我是一點制式氣氛就會昏迷的人，制式這東西到處都在，就算文學，一不留意，也是會有，而我也同樣「很受不了」——從小我就有「一痛苦就睡著」的毛病，我保護自己的唯一手段，就是保存我自己的奇怪，以對抗制式對我的傷害——我固然可以用許多角度談這本書，但最私人部分，就是它是「奇怪讓我自在」這種需求的成立。如果能保護其他也被制式所傷的人，當然就更理想了。

拍照時，原本我是想用「證物照」的風格拍它們，「沒有要成為『佐內正史』喔！」不過，疫情進入三級後，意外吃了很多苦頭。然拍到「乒乓球」時，我感覺非常幸福與值得。拍畚箕時，我本想要大清早趁沒人時，但沒起早，一直被各種人關心。（不要跟我聊天啊！神經質的我經常驚慌。）其中有個東西，還是孫梓評出動，不然我搞了幾星期還搞不定。光是過程，都可以寫小說了。如果不是疫情，這些原本都是零難度。有少數也忽然變成要計算「我的足跡會不會太複雜？」那樣苦惱著進行。還好不管外送員、燦坤的職員、數家麵線攤與塔吉等店家，在我給他們添麻煩時，都仍慷慨地助我一臂之力。這個「關起門來」的寫作，因為本人極度不才的緣故，事實上非常勞師動眾。儘管意外，還是要致上深深感謝。也謝謝梓評在我說「我要堅強起來」時，說了「但這樣很悲傷呀。」使我在精神上「破涕為笑」。

瓊如在過程中，寫了若干信給我，讓我確定「除了我自己知道我在做什麼」，「她也知道我在做什麼」——我想到還會笑，「那麼照顧讀者的福利喔！」因為基本上有默契，所以我笑了，知道會做到，就沒細細回覆——但讀者們似乎應該知情一下，編輯替你們著想甚多，雖然我也是——但我覺得編輯部分真的頗為感人，就記一下。我要謝謝瓊如的部分不在「她督促」（被督促我還是有點毛啦，雖然想法很一致。），而是「她懂得」。

每次要感謝的人都很多，但這刻我特別想到我的小舅舅，有次我說：「最奇怪的是，我覺得我都沒有被傷到耶！」他馬上反駁：「不不，妳還是被傷了，不然妳不會記得。」真的嗎？我很驚訝。《感情百物》也是「記得之書」，但這記得是「無傷」或「有傷」，我不確定。確定的是，沒有其他人「救援記得」的言行，它不會存在。所以，小舅，謝謝你，以及所有類似的存在。沒有你們，就不會有這本書。

二〇二一・八・一四

感情百物

作　　者　張亦絢

副 社 長　陳瀅如
責任編輯　陳瓊如（初版）
行銷企畫　陳雅雯
封面設計　朱疋
內文排版　黃暐鵬
印　　刷　呈靖印刷股份有限公司

出　　版　木馬文化事業股份有限公司
發　　行　遠足文化事業股份有限公司（讀書共和國出版集團）
地　　址　231023新北市新店區民權路108-4號8樓
電　　話　02-2218-1417
傳　　眞　02-2218-0727
客服信箱　service@bookrep.com.tw
客服專線　0800-221-029
郵撥帳號　19588272木馬文化事業股份有限公司
法律顧問　華洋法律事務所　蘇文生律師

初版一刷　2021年9月
初版二刷　2024年8月
定　　價　NT$450
ISBN　9786263140400（平裝）、9786263140493（EPUB）

感情百物／張亦絢著
.－初版.－新北市：木馬文化事業股份有限公司出版：
遠足文化事業股份有限公司發行，2021.09
461面；13×19公分
ISBN 978-626-314-040-0（平裝）
863.55　　110013635